巔峰榮耀

全　職　高　手　番　外

TOP GLORY

TOP GLORY

巔峰榮耀

CONTENTS

Chapter 1

十五歲的夏天

盛夏的午後，烈日炎炎，空氣中熱氣氤氳。蘇沐橙走到路邊的冷飲小攤，想買根冰棒解解暑，結果就連賣冰棒的小販都不顧這暑天正是賣冷飲的好時候，不知躲到哪裡避暑去了。

蘇沐橙等了一會兒也不見人，只好無奈地離開。沿著空寂的街道又走了一會兒，來到了一家網咖，推門走進去，迎面而來的冷氣讓她長長地舒了一口氣，跟著就聽到網咖裡一浪高過一浪的喧鬧聲。

怎麼了？

蘇沐橙好奇地望向那片喧鬧。網咖的網管也已經看到這個剛進來的小女孩，沒像招呼客人那樣殷勤地立刻迎上來，而是樂呵呵地揮手打了個招呼：「小沐橙來啦？」

「嗯，崔哥。」蘇沐橙也和對方招呼了一聲。

「又來給妳哥哥送飯呀！」崔哥看到了蘇沐橙手裡提著的保溫飯盒，對這一幕一點兒都不陌生。

「是呀，他在哪裡？」蘇沐橙問道。

「就在那邊。」崔哥指了指那片喧鬧，「不過，他今天可能會有些吃不下去。」

「怎麼？」

「他遇到對手了。」崔哥笑道。

對手？

蘇沐橙愣了愣。雖然她並不十分清楚哥哥每天在電腦上折騰的那些個電子遊戲到底是怎麼一回事，但她心中一直有一個概念：她的哥哥很厲害，玩這些與其他人對戰的遊戲，極少會輸。

對手？那就是說，能和哥哥打得不相上下的人嗎？

蘇沐橙向那片喧鬧走去。兩臺背對著的電腦被裡三層外三層圍了個水洩不通，蘇沐橙人小個兒矮，努力踮著腳尖也沒辦法看清裡面到底發生了什麼事。只聽得這些人繼續大呼小叫，一會兒嘆息，一會兒驚訝。

「蘇沐秋你今天不行嘛！」忽然有人喊了一嗓子。

不行？

蘇沐橙心下更是驚訝：竟然不只是不相上下，而是一個哥哥無法戰勝的對手嗎？

蘇沐橙很想看個究竟，於是奮力朝人堆裡擠著。蘇沐秋是這網咖的常客，蘇沐橙因此也經常出入，和網咖的網管還有一些熟客都不陌生。這時有人認出蘇沐橙後，紛紛將她往裡讓，大家都挺喜歡這個漂亮的小女孩的。

終於擠進來了！

蘇沐橙長出了口氣，抬眼一望，就看到坐在對面電腦前的哥哥，臉上神情是極其少見的嚴肅。

他的對手呢？

對手就在蘇沐橙的眼前，但她只能看到這人的背影，看起來是個和哥哥年紀不相上下的少年。蘇沐橙的目光很快就落到了他的雙手上。那是一雙很好看的手，此時正在鍵盤和滑鼠上靈巧地飛舞著，清脆的敲擊聲不絕於耳，伴隨著周圍人陣陣的驚嘆。

這人很厲害吧！

蘇沐橙並不太懂這些電子遊戲，但只是看眼前這個少年操作的架勢，心裡不由地就生出了這樣的念頭。正在這時，圍觀人群又爆起一陣驚呼，有驚訝，有遺憾，這一場對決，就這樣分出了勝負。

誰贏了？

蘇沐橙不用去看電腦螢幕，只是看對面哥哥的神情就已經能判斷出結果來。

頓時，各種看熱鬧不嫌事大的嘲諷響起來了。就這圍著的幾圈人裡，有不少都是蘇沐秋的手下敗將。眼下一看蘇沐秋也吃了敗果，個個興高采烈，可算是出了一口氣。

蘇沐秋翻著白眼，神情有點尷尬，卻也沒生氣。這些瞎起鬨的傢伙，倒有一大半算是他的朋友，此時的嘲諷奚落，那都是玩笑性質。平日裡大家都是損來損去的，只可惜蘇沐秋有強大的勝率做後盾，在這群人之中總是穩居上風。今天可算是讓這些傢伙捉著痛腳了，能不伺機玩命地嘲諷嗎？

「蘇沐秋你妹妹來送飯了，還是吃飽了長點力氣再來吧！」這時有人喊了一嗓子，眾人又是一陣笑。蘇沐秋聞聲抬頭一找，就看到了站在對面的蘇沐橙。

「不打了。」於是，他立即一推鍵盤站了起來。

「吃飽了再來嗎？」結果就聽到他對面的傢伙樂呵呵地問道。

眾人大樂。這小兄弟眞是上道啊，還知道配合著大家的思路一起放嘲諷呢！

蘇沐秋這下被擠兌得夠嗆，惡狠狠地瞪了那傢伙一眼，「來來來，你也一起吃，省得你一會兒輸了找藉口。」

「我有這種需要嗎？」那人一邊站起來，一邊說著。

眾人再度哄笑，看不出這小子不只技術了得，連嘴炮也是相當犀利啊！

「來吧，一起吃吧！」蘇沐橙這時從這人背後鑽了出來，主動打起了圓場。

「妳是他妹妹嗎？」那人扭頭，看到蘇沐橙，隨即說起話來。

「是啊！」

「會玩遊戲嗎？」

「不怎麼會。」

「要學哦，很有趣。」那人說道。

「沐橙快過來，別和陌生人說那麼多話。」蘇沐秋這時在前邊打斷了兩人的交談，招呼蘇沐橙。

蘇沐橙笑了笑，走到了蘇沐秋的身邊。網咖裡有爲等位客人設置的休息區，蘇沐秋是在這邊用午餐的常客了。那個傢伙倒也沒客氣，跟著兩人就過來了。

蘇沐秋從蘇沐橙手裡接過飯盒，嫻熟地分起了飯菜，最後平均堆成了三份。看了看，又把其中一份向另一份裡劃拉了一些，將這份多些的給了蘇沐橙，自己拿了少的一份，另一份留在桌上，用眼神示意對方自便。

「哥哥你吃這個多的吧！」蘇沐橙立即說道。飯菜是兩人份，就算多點也不會太富餘。三人吃就已經夠勉強，蘇沐秋又撥了不少給蘇沐橙，怕是連半飽都吃不到。

「我吃不下！」蘇沐秋端起飯盒不讓。

「哈哈哈，氣的嗎？不至於不至於，輸贏很正常，平常心平常心。」那傢伙倒是沒客氣就端起了飯菜，但是手速超快地將飯菜遞到了蘇沐秋面前，轉眼就把一半又撥給了蘇沐秋。

「我心情好，不用吃這麼多。」他說著。

「你這傢伙……」蘇沐秋嘟囔了一句，現下也懶得和這人推來讓去了。

「我以前沒見過你呀！」蘇沐橙這時和對方說起話來，這一次，蘇沐秋再沒用「不要和陌生人多話」爲由來阻攔。

「哦，我路過的，進來隨便玩玩，後來聽說有高手，然後就……」

「然後什麼？」蘇沐秋瞪他。

「然後就討教了一下，確實是高手，比我就差一點點。」他說。

「話別說得太早啊，吃完再戰！」蘇沐秋叫道。

「哈哈，不能了。」對方說道。
「幹嘛，想跑啊！」蘇沐秋怒道。
「沒錢了。」對方拍拍口袋說。
這理由太強大了。沒錢，當然沒辦法在網咖用電腦了。
「算我的！」蘇沐秋哪肯輕易放過。
「吃你的，網咖費用也算你的，還贏你，這不好吧？」對方說道。
「誰說你一定就會贏的？」蘇沐秋說。
「當然偶爾也會輸一下。」對方很自然地說道。
「吃不下了。」蘇沐秋是眞氣飽了。
「不如你們回家玩去吧？」蘇沐橙提議。
「哦？」
「家裡……家裡兩臺電腦的配置不太一樣，有些遊戲恐怕不太好打。」蘇沐秋說道。
因爲配置會對對戰產生影響，其中一臺的配置顯然是要差很多，蘇沐橙不太明白這些，以爲有兩臺電腦就可以連線對戰。
「總有不太影響的吧？」對方問道。
「聽你這意思，你玩什麼遊戲都能贏我？」蘇沐秋說。
「那不能，遊戲太多了，總得是我會玩的。」對方說。

「別吃了！馬上給我起來，跟我去決鬥！」蘇沐秋氣得就差沒掀桌了。

「我已經吃完了。」那人放下碗筷。

「走！沐橙妳一會兒自己回家。」蘇沐秋起身拖著那傢伙就走，一秒鐘都不耽擱了。

「一會兒見。」那人卻還在回身向蘇沐橙打著招呼。

「一會兒見。」蘇沐橙笑著。

這一刻，她也沒有想到，這個突然闖入她和哥哥生活中來的人，在未來的日子裡會和她走過十年，甚至更久。

Chapter 2
請君入甕

「二隊跟緊一點，輸出不要停！」
「一隊的近戰站開一點！遠程都沒角度了！」
「治療自己跑著點，裝啥大爺啊總等人給你讓位？」
場景裡充斥著魏琛的聲音，團隊頻道裡也時不時有他發出的訊息。這場BOSS擊殺戰已進行到了最關鍵的時刻，也難怪這位「藍溪閣」的會長大人指揮起來都是手嘴並用了。
衛風城。
「孤獨的城主山北」。
一星期只會刷新一次的野圖BOSS。位置不定，時間隨機，能找到就已經難能可貴了，更可貴的是還能在毫無爭奪干擾的情況下殺到最終階段。野圖BOSS向來都是被各大公會、各大勢力搶破頭的，誰不知道最頂尖的裝備最稀有的材料都是只從野圖BOSS身上出？野圖BOSS擊殺難度大，更有諸多的競爭者，能這樣安安穩穩地落在手中的，真是千載難逢。
但越是這樣，魏琛越是加倍小心起來。
「注意了注意了，就快紅血了！」魏琛提醒著全團。BOSS紅血後會爆大招，戰力增強，這是《榮耀》設定。多少團隊獵殺BOSS，就差最後百分之十，結果就倒在BOSS這最後一波的爆發裡了。

不過「藍溪閣」的精英團，那在《榮耀》裡可算赫赫有名。「孤獨的城主山北」與他們也不止糾纏過一次，經驗豐富，此時早已做好了防備。

眼看各分隊都聽從自己的提醒，完全做好了應對大招的準備，魏琛這才稍稍踏實點。但是，緊接著又在自己所屬小隊的頻道裡發出訊息：『怎麼樣，情況怎麼樣？』

『放心，他倆都還在這兒呢，沒有離開。』很快有小隊成員回覆。

『很好，盯緊了，不到最後一秒都不要放鬆。』魏琛說道。

『明白！』那邊的小隊成員對於老大略顯誇張的小心戒備半點取笑的意思都沒有，因爲眼前他所盯著的這兩位，讓他們「藍溪閣」吃過無數次的虧。

「一葉之秋」和「秋木蘇」！

玩《榮耀》的如果不知道這兩位的名字，那肯定是一隻剛建號的菜鳥。論起目前《榮耀》最強的人是誰，最常出現的就是這兩個名字。其他像「藍溪閣」老大魏琛的術士「索克薩爾」，威名赫赫的拳法家「大漠孤煙」，有「大師」之稱的驅魔師「掃地焚香」，也都是出了名的強者，但是一比起這兩位，卻總讓人覺得好像還差了些。

魏琛一邊在指揮團隊擊殺BOSS，另一邊特意派出了一個小隊，專盯「一葉之秋」和「秋木蘇」的舉動，毫無疑問，就是因爲覺得這兩人威脅最大。

聽到這兩人還是沒動靜，魏琛心裡就更踏實了幾分。這兩人的威脅，在他看來遠比BOSS的紅血大招還要來得可怕。

「一隊注意。」

「二隊注意。」

「三隊注意。」

各分隊的隊長此時也在關注BOSS血量，大招爆發那一瞬間，他們得各司其職，此時已經紛紛開始提醒各分隊隊員要爲這一刻做好百分之百的準備了。

百分之十點二三；

百分之十點二一；

百分之十點二；

百分之十點一八；

百分之……十！

「擋！」一分隊隊長怒吼，隊中騎士挺身向前，手中盾牌死抵向前。

轟！

彷彿翻滾的海浪，鋪著青石板的堅硬地面，在這一刻突然翻起。石板碎裂，石中「孤獨的城主山北」卻不見了蹤跡。

沒人詫異，他們已不是第一次見到這種場面。「孤獨的城主山北」就在空中，這石板的翻起碎裂，其實只是他的一躍之力。

「孤獨的城主山北」暴走大招：「碎石地裂斬」！

但是因爲眾騎士的掩護，這彷彿浪花般要翻開的衝擊力，都被硬生生地抵住了。

「射！」二分隊隊長下令。隊中遠端的無論槍手系還是法師系，攻擊都已經直指空中。與此同時，負責治療的第四分隊不需指示，都已經開始對著一分隊的騎士們瘋狂刷血，不顧一切地刷。因爲接下來，才是最關鍵的時候。

「駕！」一分隊隊長的又一命令下達了，一圈騎士，赫然齊齊向前邁進，最終匯集在高高躍起的城主山北的下方，然後齊齊舉起手中盾牌，結成一面大盾，而後紛紛開啓騎士所有能加強防禦吸收傷害的技能。

「藍溪閣」的戰士，是要硬頂「孤獨的城主山北」的這一擊，將他的這記「碎石地裂斬」，直接靠騎士強大的防護能力給他截在半空中。

「碎石地裂斬」的大範圍殺傷力，是需要通過地面來傳送的。被騎士這樣用盾牌撐起，衝擊波雖然依舊在，但比起借地傳送，傷害卻要下降百分之七十。

所以只要扛住這一擊，團隊的整體節奏就不會亂，就能搶在「孤獨的城主山北」再次施展大招前擊殺他。

落下！

「孤獨的城主山北」手中是一柄重錘，職業系中不存在的武器，不過走的卻是劍士系的路子，這「碎石地裂斬」也是狂劍士「地裂斬」的無限加強版。此時落下，直撞由八個騎士共同結成的大盾。

匡！

巨響，刺得人耳膜都發脹。更有刺眼的光芒在同一刻迸發出來。

魏琛的「索克薩爾」在繞圈遊走，他在觀察八位騎士的站位有沒有紕漏，結果此時就見一道人影，忽然朝著碰撞的中心竄去。

「是誰！」魏琛立時就罵上了，此時根本還沒到可以發起攻擊的時候，是哪個隊伍的傢伙這麼心急？光芒太刺眼，讓魏琛沒辦法看清對方頭頂的ＩＤ。

結果接下來的一幕就更讓魏琛發瘋了，衝上前的傢伙，突然撩起一道寒光，最後竟是落在了八名騎士其中之一的身上。

這名騎士立刻就被掀向半空，跟著波動之力的絞殺，竟是一記「裂波斬」！

「有臥底混進來了！」魏琛怒吼著，但是眼下，臥不臥底的真不是重點。「孤獨的城主山北」的「碎石地裂斬」還在和八名騎士角力，在這緊要關頭，這邊卻突然出現了缺口！

八名騎士的排陣是有講究的，多一人，擠不成這一個圈，少一人，傷害就分擔不完！

雖然之前的八人陣已經一起消化了一部分傷害，至少八人被秒已不可能。但是，衝撞還沒結束，此時突然缺了一角，這「碎石地裂斬」的威力立時向著缺口處傾瀉下！

「頂住！」魏琛這時才意識到，自己第一時間該讓大家注意的並不是那個臥底。

其他七位騎士急忙要向這邊缺口支援，卻都已經遲了。雖然衝擊力如此猛烈，發力方向有了變動，而且相當一部分威力已被眾騎士抵消，但到底還是造成了「藍溪閣」意料不及的場面。

七名騎士，受到缺口處傳入的威力衝擊，個個都站立不穩，像是被浪花推開了一般，而這股從缺口處傳入的殘餘威力，也繼續表現著它「碎石地裂斬」的特點，殘缺不堪地借地傳力。

但是這種時候，已無退路。

「頂住！殺！」魏琛一聲令下，強殺！

治療頓時成了場中最忙碌的人，因爲威力驟減，所以沒有一擊致命的傷害；因爲威力的殘缺，借地面造成的攻擊傳送一點都不全面，這有那沒有的……

各隊的攻擊手盡可能地躲避著，發起攻擊，各治療隊員手忙腳亂，左支右絀。

魏琛又是喊，又是打字，此時手、嘴一齊動都嫌不夠，只恨自己沒辦法再多一個指揮方式。結果就在這一片混亂的局面下，魏琛忽然又發現了之前的那道身影！

這個傢伙，攪和出了這麼大的亂子，居然還沒走？還混在人堆裡？

「夜雨聲煩！」

魏琛飛快地記下了這個角色的名字，再一看職業，是一個劍客。

什麼時候出現的？

魏琛發現自己眞是一點印象都沒有，這不是他認識的人，這樣一個陌生的名字，什麼時候起混在他們當中的，竟然沒有一個人發現？

那麼眼下呢？

魏琛發現除了他，居然沒有一個人察覺到這劍客的存在。每個人應對這混亂的局面都自顧不暇，根本就顧不上其他。

不……不止是這麼簡單！

魏琛發現這個劍客還在走位，還在運動，這傢伙……居然還上去給了城主山北一擊，這個過程，也沒有任何一名「藍溪閣」的玩家察覺到，他就好像是一個透明人一樣。

他當然不是眞的透明，而是一直在巧妙地鑽著空子，他身處這混亂的局面中，卻能飛快地洞悉哪個位置是不會有人注意到他的空檔。

很有兩下子！

魏琛發現對方有著超乎他想像的才能，但是他不動聲色，沒有立即提醒團隊。不過身上並不承擔太多戰鬥的他，多了一個關注的目標。

那個叫「夜雨聲煩」的劍客還在遊走著，依然是用那種鑽空子的方式，魏琛越來越感到驚嘆了。他自認是一個水準遠超一般玩家的高手，但恐怕也沒有這傢伙這麼敏銳的判斷和捕捉空檔的能力。

「這人到底是誰？」魏琛開始有點好奇了，同時終於在團隊裡發出訊息，『注意聽我指示，不要遲疑。』

「藍溪閣」的諸位似乎很習慣他們的老大臨時搞出什麼花樣，對這樣的指示，竟有心領神會之感。

『一隊略退，二隊四點鐘，三隊對位，五隊六隊頂上，四隊跟緊一隊！』魏琛指示不斷，開始布局，此時在他眼中，他們要面對的對手已經不只是「孤獨的城主山北」，而是連帶那個劍客在內。這傢伙鑽空子攻擊的方式，讓魏琛越看越是心寒，因爲他已經意識到這傢伙的意圖了。這傢伙，是搶最後一擊來了，而以他這種能力，要不是自己察覺到他的存在，這一擊怕是十拿九穩！《榮耀》針對擊殺BOSS的分配計算相當複雜，但最後一擊，是一定有一部分獎勵的，絕不能輕易被別人奪走。

團隊有所調動，針對「孤獨的城主山北」的攻擊自然有所放鬆，魏琛正精心將那劍客往自己布下的陷阱中帶，結果忽然就聽到一陣氣急敗壞的聲音：「我去你們到底會不會打啊？」

「差不多就要拿下了，這是搞啥呢？」

「『藍溪閣』不都是精英嗎？有沒有團隊素養啊？」

「你們指揮是哪個啊？能不能更豬點啊？」

比魏琛快的語速，比魏琛還要快的訊息，更關鍵的是不重複，還有配合，一句話說出的時候一串字也跳了出來，最後就聽聲音和文字泡齊飛，內容上完全不一樣，但又連接得上。

這下再不注意到這位可就不可能了，一堆人發現了「夜雨聲煩」，頓時也亂成一團，「這誰啊！」

「這就是剛才的那個臥底吧？」

「幹啊！」

不少人的攻擊已經招呼上去了，但魏琛這時卻完全愣掉。這什麼情況啊！這種時候是應該吐槽的嗎？多忍一會兒能死啊！吐就吐吧話還這麼多，今兒不弄死你都對不起你這隻豬！

魏琛的布局本就是針對他的，此時眾人自發地開始攻擊後頓時感覺特別順手，配合起來也特別舒暢。

「夜雨聲煩」也突然意識到對方忽然調整的目的了，已經暴露了的他更是一點都不掩藏，話匣子大開：「我去，原來是針對我的，好卑鄙啊！」

「這邊，這邊？哈哈，還沒完成，還是有空檔的！」

一邊嚷嚷著，這傢伙一邊就要鑽空子開溜。

「教你個乖啊小子，這不叫空子，這叫請君入瓦！」魏琛的「索克薩爾」閃出，一記「六星光牢」準確地卡在了所謂的空檔。

「瓦你個頭啊，是甕吧？」「夜雨聲煩」已被困，肯定是逃不掉了，但嘴上卻還是不閒著。

「管是什麼你都給我去死吧！」被拆穿了錯別字的魏琛頓時惱羞成怒。

「你等著，我和你們『藍溪閣』沒完！」「夜雨聲煩」倒下前猶自在叫。

「等你，下回記得低調點。」魏琛說。

Chapter 3
最初的朋友，一生的對手

十二月三日，榮耀，不見不散！

濃墨重彩的大字，雙劍交叉，展翅彷彿就要飛出紙面的Logo，大大小小地侵占著電視、網路，甚至是城市的每一個角落，持續了已經足足有一個月。

「一個月？到十二月三日，正好六週，是四十二天啊！」蘇沐秋一邊說著話，一邊隨手關掉了剛剛打開的網頁上彈出的《榮耀》廣告，這款即將推出的網遊，真是無時無刻不在衝擊著所有人的視線。

喀喀喀……

回答他的卻只是鍵盤和滑鼠的聲音，輕快，卻富有節奏。

蘇沐秋偏頭向這邊看了一眼，螢光閃閃的螢幕上，遊戲裡殺得血流成河，映出的卻是一張漫不經心的臉，顯然做這種事對這傢伙而言根本用不著出全力。

「聽見我說話了沒有！」於是蘇沐秋分外不爽地又追問了一句，就這種程度而言，那傢伙根本不至於聚精會神到兩耳不聞窗外事。

「聽到了，《榮耀》，我耳朵都噴出血來了你看到了沒有？」葉修說著。自從《榮耀》開始了鋪天蓋地的宣傳後，蘇沐秋每天要提這遊戲不知道多少遍，天知道他對這遊戲到底有多期待。

「宣傳時間雖然並不算長，但看這個勢頭，足夠了。這個遊戲一定會大有可爲的。」蘇沐秋說。

「嗯。」葉修反應平淡，實在是聽膩了。

「聽說這遊戲不再用帳號密碼登錄，需要刷卡。」蘇沐秋說。

「嗯。」

「需要專用的讀卡登錄器。」蘇沐秋說。

「嗯。」

「讀卡登錄器倒是還算便宜。」蘇沐秋說。

「嗯。」

「但是，對電腦的配置要求，好像有點高啊！」蘇沐秋說。

「是嗎？」葉修終於動容，鍵盤、滑鼠突然劈里啪啦一通怒響，螢幕上血光更盛，但是很快歸於平靜。葉修轉過了身，神情無比嚴肅，「要什麼配置？」

蘇沐秋沒說話。他這兒有兩臺電腦，配置稍好的那臺，也僅僅是達到《榮耀》要求的最低配置，至於另一臺那就差得有些離譜了。葉修不怎麼鑽研電腦硬體，但也算跟這兩臺電腦打了好幾個月交道了，蘇沐秋相信自己根本用不著解釋。

「得換了。」葉修繼續嚴肅臉。他看起來對《榮耀》沒有蘇沐秋那麼期待，但是顯然他也不想失去選擇的權利。遊戲是好是壞，終歸需要玩一下才知道。

「是得換，不過最近手頭有點緊……」蘇沐秋說。

在這兒已經生活幾個月的葉修當然也清楚這兄妹倆的狀況。兄妹倆是孤兒，也沒有親戚，全靠蘇沐秋當職業玩家玩遊戲來養活。葉修來了以後，職業玩家多了一個，不過靠這些來營生，混個溫飽壓力不大，但要說一下子就拿出兩筆錢來換兩臺新電腦，那可就有些捉襟見肘。但凡能有點富餘，蘇沐秋早就不會忍受他那臺古董機了。

「看來只能先去網咖了。」葉修說。

「是的。」蘇沐秋連連點頭。

「看來你也早就物色好網咖了？」葉修說。

「當然，我都窮了一個多禮拜了。」蘇沐秋坦然。

十二月三日，零點。

《榮耀》的這個開服時間選得眞是不怎麼厚道，凌晨零點，這對於絕大多數網遊玩家來說都是該下線關機的時間了。但是對此安排的微詞，很快就淹沒在無數玩家的熱情當中了。

六週，四十二天。在《榮耀》鋪天蓋地的宣傳攻勢下，再加上富有節奏的遊戲設定透露，早把所有網遊玩家的胃口給吊起了，誰還會在意開服是中午十二點還是凌晨零點這種細節？

這一夜，無數人摩拳擦掌。

這一夜，各大城市的網咖成了最爲燈火輝煌的夜店。

H市，嘉世網咖。

葉修和蘇沐秋一大早就跑來占了兩臺電腦，越接近凌晨，兩人的舉動越發地顯得英明果斷。超多的人聚集在網咖，卻因爲沒有空機而鬱悶暴躁。時至今日，像葉修和蘇沐秋這樣因爲家裡玩不了而跑來網咖用電腦的人是極少的，網咖已經成了一種聚會場所，毗鄰而坐、一起玩遊戲和只線上交流的感覺可是大不一樣的。

臨近零點，嘉世網咖座無虛席，那些沒有等到電腦的人都已經悻悻離去。網咖老闆陶軒在網咖中溜達著，十分滿意眼下的場面。爲了《榮耀》這款遊戲，他也算是下了血本了，網咖所有電腦大更新，全部配裝了《榮耀》登錄器。就周圍這一帶，沒有哪家網咖做得像他這麼徹底的，絕大多數網咖都還在觀望。雖然《榮耀》宣傳得很強勢，很引人關注，但說不定最後又是一場泡影呢？這麼多年下來，讓人期待而來失望而歸的遊戲還少嗎？

要說陶軒心中一點忐忑都沒有那也是假的。望著掛在牆上的時鐘，眼看著分針已經穩穩指向零點，他狠狠掐滅了手中的菸頭，衝向他已準備就緒的電腦。

他也是個網遊愛好者，這《榮耀》到底會怎麼樣，他準備親自嘗試。

零點！

熱鬧的網咖反倒安靜下來。

刷卡登錄？之前沒有過，大家都比較笨拙地操作著。

再然後，所有人陷入深深的思考，新號第一件事，起名……

「我來我來！」蘇沐橙搬了個小板凳就坐在葉修和蘇沐秋當中，這時雀躍著跳了起來。

「然後馬上回去睡覺，聽到沒有？」蘇沐秋一臉的嚴肅。

「知道啦！」蘇沐橙已經拿過葉修的鍵盤，正在給他的角色起名。她不怎麼玩遊戲，而這就是她一直以來參與蘇沐秋遊戲的方式，葉修來了以後，她就連葉修的也一起參與了。

很快，一個名字就被她敲出來了，看起來是早有準備。

「一葉之秋。」葉修念著，「看著好像有什麼不對？」

結果蘇沐橙這時已經敲下了Enter。

「好了！」她把鍵盤推回給葉修，再然後，就是該給蘇沐秋的角色起名了。

「快點。」蘇沐秋已經迫不及待了。

蘇沐橙果然很快，三個字立即跳了出來。

「秋沐蘇？」蘇沐秋念了一下，臉頓時黑了下來，「喂喂，能不能更敷衍一點啊？我才是妳的親哥哥！」

這名字，分明只是把他的名字倒過來而已。

結果蘇沐橙這一敲確認，系統提示：名字已占用。

蘇沐秋抬頭看了眼時間，零點剛過還不到一分鐘，這樣一個名字居然都被占用了，這到底是有多少人在搶進遊戲？

蘇沐橙的手挺快，一看名字被占用，飛快地重新輸入了一個。

「秋木蘇？」蘇沐秋徹底無語了，然後就見確認，通過，他就叫「秋木蘇」了。

「嗯嗯嗯。」蘇沐橙連連點頭，露出十分滿意的神情。

「好了快回去睡覺吧！」蘇沐秋開始趕人，時間已經不早，不過他們住得離這很近，周圍一帶兄妹倆都很熟，蘇沐秋還挺放心蘇沐橙一個人回家。

「等會兒再走。」蘇沐橙似乎是看準了蘇沐秋這時肯定捨不得離開電腦押送她回去，要起賴來。

「就一會兒啊！」果然，蘇沐秋立即就妥協了，轉頭開始專注遊戲。

「我說葉修你選的什麼職業啊？我經過反覆考慮，還是決定玩神槍手了，要不你也玩神槍手吧，兩個神槍手我覺得配合度應該很大的。」蘇沐秋說道。

「先試試手再說吧！」葉修說著。

《榮耀》的職業並不是進入遊戲時就選定的。最初的角色可以隨意學習全職業系的技能，算是給玩家一個全面的體驗，然後在二十級時進行轉職，這才確定最終職業。

蘇沐秋根據官方透露的資料，已經提前選定了槍手系的神槍手。而葉修呢，則是準備在遊戲裡全面體驗一番後再下決定。不過眼下，無論是直奔神槍手去，還是想全面體驗，都遇到了無法越過的障礙。

人多啊！

人太多了。多到幾乎寸步難行，多到蘇沐橙看了一會兒後就開始犯睏了。

「我要回去睡覺了。」蘇沐橙準備先走，她是想看看熱鬧的，但是眼下熱鬧得有些過頭，熱鬧到已經沒有熱鬧可看了。

「去吧！」蘇沐秋頭都沒回。遊戲雖然沒辦法正常進行，但是不影響研究裡面的很多設定。眼下蘇沐秋就進入了《榮耀》的裝備編輯器，這個據說是完全可以由玩家來自行設計裝備的系統，從公布那天起，就顯得十分高端神祕，蘇沐秋早就想見識一下了。眼下，他的「秋木蘇」已經在裸奔了，系統贈送的那點新手裝備，已經全被他扒下來做實驗用掉了。

「我送妳。」葉修起身。遊戲一時間打不開局面，倒不在意耽擱這一會兒。

《榮耀》開服第一天，收穫的抱怨遠比興奮要多得多。但是抱怨的無非是因爲人多，在《榮耀》這無法穿透重疊的引擎下，角色互相挨著擠著，眞是沒辦法正常遊戲。

在玩家等級一批一批的提升上去，開始向著世界的各個區域分流出去後，遊戲終於漸漸走上了正軌，玩家們這才開始眞的感受遊戲。

難！

這恐怕是所有人的第一印象。《榮耀》是絕對的技術流遊戲，操作自由度極高，技術的好壞，對戰力影響極大。太多的東西是需要靠技術，而非強力的裝備或其他來實現。

當然，裝備在《榮耀》中也是極爲重要的。在網遊中，能讓玩家充滿期待的東西，往往就是兩樣，裝備和勝利。

作爲一個技術流的遊戲，玩家之間的相互ＰＫ絕對是重頭戲。《榮耀》除了一般網遊的那種野外ＰＫ系統以外，遊戲裡特設有一個競技場系統，就是專供玩家對戰ＰＫ所用。

《榮耀》競技場。

榮耀！

兩個大字在葉修的電腦螢幕中不斷放大著，這是《榮耀》競技場中ＰＫ獲勝後的符號。一旁的公共頻道中，不斷跳出觀戰臺玩家們的驚嘆和討論。

一個月，《榮耀》開服一個月。

葉修的「一葉之秋」已經是遊戲裡不大不小的一個名人，因爲在競技場，他保持著全勝的單挑戰績。

三千六百八十五場，三千六百八十五勝。

先不說勝場，但就這個場數就已經非常驚人。三千六百八十五場，意味著平均每天都要打一百多場，按一般玩家單挑對戰一場大概三五分鐘來算的話，他平均每天在競技場裡就要花上六到十個小時。

競技場裡有一些任務或是戰績獎勵，不過獎勵經驗的比例不大，總體來說用競技場來練級會非常緩慢。但是，「一葉之秋」的等級卻也不低，三十二，這在當前來說屬於等級榜前列了。

『這人一天要花多少時間來遊戲啊？』公共頻道裡不乏類似的討論。

事實上，玩家們還是有些低估葉修了。他每天的遊戲時間確實挺長的，不過在競技裡花的時間，卻遠不如他們想像中的那麼多。

一個可以在三千六百八十五場單挑中不輸一場的人，明顯是有著碾壓級的實力，他打一場單挑，通常都用不到三分鐘，更別說五分鐘了。絕大多數情況下，都是在一兩分鐘裡結束戰鬥。

是很強，但是，還不是最強。

在目前的競技榜上，除去那些ＰＫ場數極少的不說，百場以上的，還保持著全勝紀錄的，並不是只有「一葉之秋」。而這一位，他的勝場數比起「一葉之秋」還要多些。

「大漠孤煙」。

葉修點出競技場排行榜，排名在他「一葉之秋」之上的，只有這麼一個名字。

和他的「一葉之秋」一樣三十二級的等級，但在競技場的勝場數是四千零一十二場，全勝。

他們二人之下，也有許多勝率超高的高手，但是到目前爲止全勝金身不破的，只剩下他們二人。

無數玩家都在好奇這兩位誰會金身先破，更有無數玩家期待著，這兩人什麼時候能對決一把。兩人都全勝，這意味著兩人到現在爲止還沒有碰到過。競技場目前還沒有邀戰系統，都是由系統隨機分配，不過這個分配系統是會計算玩家的等級、勝率、勝場等等，大家都相信這兩位很快就會被系統隨機抽到一起了。

「我也很期待啊！」看到周圍玩家對此的議論，葉修嘀咕了一句，點擊「準備」，心中也在祈禱著碰到這個「大漠孤煙」。

「喂喂，幫我來刷個副本。」結果這時身邊有人叫上了，而葉修正在失望中，隨機進來的對手，又不是「大漠孤煙」。

「什麼副本？」葉修一邊隨口問著，一邊和這個新對手進入了競技對戰。

「一線峽谷，我需要那的副本紀錄。哦不，準確地說，是副本紀錄的獎勵。」蘇沐秋說。

「稍等。」葉修說著，對戰開始。

「速度。」蘇沐秋嘴上催著，但看葉修剛開始了一局對戰卻一點也沒有等不及的神色。因爲他知道肯定會很快。

「走吧！」四十秒後，「一葉之秋」從競技場退出，留下一頻道被驚碎了的表情，剛剛落敗的玩家，也是半晌都無法從失敗中回過神來。

百分之九十六點一。

他這個勝率，已經稱得上是高手了，不是百分之九十五以上的勝率，目前基本不會被系統隨機分給葉修。

看到是目前保持著三千多場全勝戰績的「一葉之秋」，這位一上來就相當小心。結果卻被對方用四十秒就摧枯拉朽地擊敗了。比賽不是完勝，但這玩家感覺對方是完全有實力打出一個完勝的，有些損血，那是因爲賣點血可以更快速地擊敗他。

「趕時間嗎？」這玩家欲哭無淚，對方打發他打發得很輕鬆啊！自己可也是勝率百分之九十六點一的高手，在這「一葉之秋」眼中到底是個什麼樣的存在啊？

一線峽谷。

三十至三十三級的練級區，目前等級前列的玩家基本聚集此處，刷野怪的、下副本的，人山人海。

以葉修的技術，刷野怪的話，他已經可以去更高級的烈焰森林甚至罪惡之城。一線峽谷這裡，除了每天三次的副本機會，他已經很少過來了。

副門入口。葉修趕到的時候，蘇沐秋已經聚起了一隊人，正留著一個空位等他呢！

「動作挺快的嘛！」葉修對蘇沐秋說道。

「那是，紀錄誰不想破？」蘇沐秋說。《榮耀》的副本，根據組隊玩家的通關時間，有一個紀錄榜單，是目前PVE玩家非常積極爭取的一樣東西。刷新紀錄有豐厚的獎勵不說，高掛榜單，那也是自己水準高的證明嘛！

「就你這一身，還真有人信啊？」葉修好奇。

他的「一葉之秋」的裝備已經算得上是相當不凡。副本裝備那些需要拚人品的，葉修也未必見得占上風，但競技場裡三千六百八十五場全勝，收穫的積分和獎勵足以讓他從競技場那兌換出兩件令人豔羡的橙字裝備。

至於蘇沐秋的「秋木蘇」，那就別提了，別說橙字裝備，身上連件紫裝都沒有，藍裝也只占了一半，更有一半明顯是爲了湊數的綠字環保裝。站在副本門口，就像是一個等人帶的菜鳥新人。

蘇沐秋當然不是什麼新人，他的技術也絕對算得上是頂尖。他和葉修幾乎一樣的遊戲時間，但是剛到三十一的等級，一身襤褸的裝備，對競技場的普通玩家來說還算不錯，但對他來說絕對是令人髮指的百分之六十七點八的勝率，完全都是因爲他遊戲的側重點不同。

相比起其他玩家安心享樂遊戲，蘇沐秋這個需要靠遊戲來養活自己和妹妹的職業玩家，一進遊戲首先要找的都是能賺錢的盈利點。

賣身、代練、倒賣裝備，甚至寫外掛……各種各樣的網路遊戲中，但凡是能有點收益的活，蘇沐秋什麼沒幹過？

而《榮耀》這個新推出的遊戲有著橫掃天下的人氣，蘇沐秋也在當中找到了一個全新的盈利點：裝備編輯器。

據官方介紹，這是一套可以由玩家自行摸索製作裝備的系統，而它的價值，官方用一句話就概括了：自製裝備未必是最強的，但最強裝備，一定是自製的。而裝備編輯器中產出的裝備，亮銀色的特有字色，看起來確實是凌駕於已經極度稀有的橙字裝備之上的存在。

於是從第一天，蘇沐秋就研究起了裝備編輯器。

系統相當複雜，到目前爲止，蘇沐秋手寫的筆記本已經記滿了兩本，隨身碟中隨手儲存的資料訊息，已經多達四百七十七個文檔，但就是這樣，他也只是摸索出了個模糊的大概。

難度相當大。但越是這樣，蘇沐秋就越興奮。難度大，意味著稀有，越稀有，價值就越高。

「一本萬利啊！」蘇沐秋非常激動。

於是他把遊戲的所有收穫全都投入到了對裝備編輯器的研究當中，而葉修也時不時在上線後發現「一葉之秋」的裝備又少了一兩件，不用問，又是被蘇沐秋拿去裝備編輯器直接分解了。

裝備編輯器讓蘇沐秋在遊戲裡也變得相當拮据，他發現，這個系統的研究，真的是需要相當大的物質支援。

「總是這樣，不是個事啊！」蘇沐秋的口氣從「一本萬利啊」漸漸有所轉變了。他開始謀求經濟實惠一些的生產方式，比如，刷個副本紀錄。

「進隊。」蘇沐秋把葉修的「一葉之秋」拉入了隊，然後就聽到蘇沐秋對那三個玩家說著：「怎麼樣，沒騙你們吧？『一葉之秋』對不對？」

合著是這麼把隊湊起來的？葉修無語，而那三位這時也正在驚嘆著。「一葉之秋」已經是高手的代名詞，三千六百八十五場全勝太能說明問題了，哦不，就在剛才，已經勝三千六百八十六場了。

三位玩家圍上來表示著對高手膜拜，這時蘇沐秋宣布：「好了，準備出發。」

「啥？」那三人頓時連圍觀高手都顧不上了。

「你也去？」第一人驚叫。

「治療呢？MT呢？」第二人驚叫。

「打法呢？」第三人驚叫。

蘇沐秋只回答了四個字：「技術碾壓。」

「就算有高手……」三人齊齊望向「一葉之秋」，只靠這一個高手，就能碾壓出一個副本紀錄？

「高手並不止一個。」蘇沐秋很不謙虛地說著。

「還有誰？」一人疑惑。

「『大漠孤煙』！」另一人激動了，目前能和「一葉之秋」比肩的高手，可不就是競技榜上另一個全勝紀錄的保持者——「大漠孤煙」嗎？

「什麼時候來？」第三人一想，肯定就是這樣的。

「另一個高手就在你們眼前！」蘇沐秋叫道。

「哪裡哪裡？」三人轉動著視角，四下張望，實在沒有發現「大漠孤煙」這個人。

「就是我！」蘇沐秋說。

「誰在說話？」三人愣是把「秋木蘇」當空氣了，愣是以爲這話不是蘇沐秋說的，繼續四下張望尋找高手的名字。

「我！」「秋木蘇」不斷地跳到三人視角裡刷存在感。

「你？」《榮耀》有語音系統，玩家在遊戲場景內都是直接對話，但是此時，三人必須要用表情才能表現出此時他們深深的震驚，眼前這位神槍手，從頭到腳眞的是連一根高手的毛都找不到。

「不要浪費我們次數好嗎！」一人忍不住說道。

「哈哈。」葉修笑了，「他裝備是破點，不過技術確實很好的。」

「競技場勝率多少啊？」一人問，這個是最有說服力的資料。

「百分之九十七點八。」葉修眼都不帶眨的，直接將蘇沐秋勝率裡的六倒過來改成九了。《榮耀》的競技場是主城內的一個場景，進入場景才有競技場模式，競技榜也是要在那模式中查看的，葉修知道三人此時肯定沒辦法驗證，吹一下毫無壓力。更何況，這也不能完全說是吹。蘇沐秋總是在競技場裡測試裝備測試技能測試各種亂七八糟的設計，時常打著打著突然跑去記筆記或是查資料，這樣不輸那麼多才怪。如果真以勝負爲目的，葉修相信百分之九十七點八這種勝率不足以難倒蘇沐秋的。

「好了不浪費時間了，這就開始，爭取一次過。」蘇沐秋說道。

「那該怎麼打啊！」一人還在抓狂著。有葉修這樣的超級高手認可蘇沐秋的實力，大家頓時也就信了，那一身破爛裝備的輸出會有多低這個問題他們就假裝不去考慮了。但是，刷紀錄，這肯定是得打得非常有效率吧？如何配合都不安排，直接就打，這能出紀錄嗎？

「見怪就殺。走。」蘇沐秋的回答簡單至極，說著就已經進了本，葉修的「一葉之秋」隨後，另三人又愣了足足有一秒，這才相繼跟上。

進本一瞅，那兩位已經衝出去開怪了。

「哎喲我去眞是啥話不說見怪就殺啊！」一人叫著。

一線峽谷副本是三十到三十三級的副本，到這等級的玩家，每天三次那是必修課。這三位等級都是三十二，和葉修一樣那也是等級處於遊戲前列的人物，對這個副本已經毫不陌生，但是像今天這種簡單粗暴的打法，真的從來都沒有經歷過。

「速度速度速度！」蘇沐秋只是催促著，他的「秋木蘇」端著兩把破左輪，「砰砰砰」射個不停，當真是見怪就殺，只一轉眼工夫副本入口處的六隻小怪就全來了。

「媽呀……」三人腿都有點軟了。他們在競技場都是勝率百分之七十多，算得上是相當不錯的。可就這副本，一上來就開六隻怪真的從未見過。平日來下，MT拉怪治療刷血，一般也就是開兩隻怪，裝備好些的隊伍，開三隻怪。可現在，一個穿得跟個叫花子似的傢伙，上來就開六隻怪，這是何等的威風。三人頓時覺得這位大概是出身丐幫一類的人物，穿得是破點，但這是傳統。武功的等級那是不看穿著的。據說最厲害的幫主，接任的時候還得被吐一身痰呢！

可這一下開六隻怪，這怎麼殺啊？

三人都不知道該從哪隻怪下手，那邊也沒個指揮，結果就見「一葉之秋」衝上去了，四下走位，手中戰矛挑掃點戳，六隻小怪不消片刻都被他點到了一起，然後拂袖一揮，暗夜斗篷，魔道學者的低階技能。這一招過去，六隻小怪頓時被聚在一起了。

「都幹嘛呢？快輸出啊！」蘇沐秋喊上了，三人這才如夢初醒，什麼叫技術碾壓，他們算是見識到了。只是這之前，他們實在無法想像技術可以達到這種程度。

「勝率百分之九十以上的高手，真的太變態了。」一人感慨著。

「不是百分之九十，是百分之百！」另一人鄭重地糾正著他。
「不知道他和『大漠孤煙』誰厲害啊？」
「我看過『大漠孤煙』的競技場比賽，特別猛。」
三人開始還緊張呢，但漸漸地發現，沒壓力，眞的太沒壓力了。開怪、引怪、聚怪、扛怪，這些事人家統統都做了，他們三個只要大力輸出就可以。至於一些需要注意的基本問題，他們又不是菜鳥，那還需要交代嗎？
三人一邊無腦輸出，一邊快樂地聊起天來了。而蘇沐秋的技術，三人也徹底領會到了。輸出是不怎麼樣，但那是因爲裝備太差的緣故。技術那眞的沒得說，該有的意識全有了，到目前爲止，小怪可打斷的技能，有一隻是放出來的嗎?沒有，全被這傢伙給打斷了。
到關底BOSS，蘇沐秋的表演秀到了最高潮。這裡BOSS身邊有十二隻精英小怪，正常玩家來殺，會小心翼翼地掌握好距離，以一兩隻來引，就這順序，玩家不知在這死了多少次才研究出來。到現在爲止，每天都有無數隊因爲一個不小心，沒弄好引了太多怪導致團滅的。
但，蘇沐秋出場。
砰砰砰砰砰，就是一通射。
十二發子彈，發糖一樣送給了十二隻精英小怪。
「這也要一起殺嗎？」覺得已經不會再大驚小怪的三人，到這最後還是被嚇呆了。

「交給你們了。」蘇沐秋說著。

三人手忙腳亂，手心都出汗了，正等「一葉之秋」聚怪呢，結果就見他朝著BOSS衝上去了。

「連著BOSS一起殺?!」三人驚叫。

「你們是掛嗎？」一人吼著。

結果卻見「秋木蘇」繼續朝著十二隻精英小怪「砰砰砰砰」發著子彈糖，然後像一列火車，從他們身邊呼嘯而過。

「打嗎？」一人的聲音都顫抖了。

「來打BOSS啊！」那邊傳來葉修的聲音。

三人一愣，再一看，「秋木蘇」竟然是拖著這十二隻精英小怪，繞著這片場地轉起了圈。

三人懂了，合著這十二隻精英小怪就不殺了，就這樣一直開著火車放著風箏，然後由他們四個把BOSS擊殺？

這才是眞正的技術流呢！裝備好有用嗎？裝備好能做到這些事嗎？

「牛！太牛了！」三人讚嘆著，衝上去圍毆BOSS。

片刻後，《榮耀》世界頻道，系統刷出公告，五人刷新了一線峽谷的副本紀錄。

「一次過，不錯！」蘇沐秋讚嘆著。

「還打嗎?」那三位現在是徹底服氣了。

「先不了,還有事。」蘇沐秋已經麻利地解散了隊伍,至於獎勵的分配,葉修來之前蘇沐秋就已經和這三位談好。

三人意猶未盡地和兩位高手告別,葉修和蘇沐秋隨即一同返回一線峽谷區域的主城,一路上蘇沐秋又開始向葉修滔滔不絕地闡述他目前製作裝備的構想,直至兩人的路被人攔下。

「『一葉之秋』,打一場嗎?」

拳法家「大漠孤煙」,筆直地站在回城大道的正中央。

一線峽谷區域的主城通往練級區、副本的大道,過往的玩家只多不少。雖然沒有多少人聽到「大漠孤煙」說的話,但是,「一葉之秋」和「大漠孤煙」,憑藉在競技場中的百分之百勝率,在《榮耀》圈中已是聲名鵲起,說他們是頂尖高手不會有任何人有異議,大家更好奇的是這兩位到底誰的能力更高一點。

於是,一線城外的大道上,兩個角色相遇,但凡知道兩個角色名頭的玩家,都紛紛停下了腳步。

葉修沒有拒絕「大漠孤煙」的邀戰,就連一心撲在裝備編輯器上,對於勝負並不如何上心的蘇沐秋,此時也表現出了濃厚的興趣。

「一葉之秋」與「大漠孤煙」。

這一刻還沒有人知道，這兩個角色，這兩個人，會從這一天起，經歷長達十數年的競爭和對抗。

在這一刻，大家在好奇的只是這兩個百分之百勝率的傢伙到底誰會先遇一敗。

戰場就在路邊，過往的玩家越聚越多，以至於站得太靠後的玩家因爲視角被擋不住地跳腳，周圍的樹、石，但凡擁有高點視野的地方，全都被玩家角色所占據。

兩人並不想製造交通擁堵，但是現在看來，即使將戰場搬到了路邊，擁堵依舊無法避免。

「開始吧！」「大漠孤煙」沒有徵詢意見，只是在衝上去的同時宣布了一聲。

「一葉之秋」直接用行動應答，「大漠孤煙」衝得快，他迎上得更快。

邁步，向前。

衝拳！

龍牙！

同是直線攻擊的兩個技能，非常精準地碰撞在了一起。

誰強，誰弱？

觀戰玩家還沒看出這兩個技能直接碰撞的判定結果，兩個角色就已經同時橫身向左，錯位變招。

天擊！

「一葉之秋」手中戰矛甩起，三十級橙武，光束雙極斬，兩端都帶尖鋒，彷彿劍客的光劍劃過。在競技場積分兌換的裝備清單中，每天不知有多少戰鬥法師的玩家要望著它流口水，但是極少有能在這個時候就用積分兌到的人。

不過「大漠孤煙」的武器也絲毫不遜。擁有更多勝場的他，自然比「一葉之秋」獲取了更多的積分。「一葉之秋」此時還只是擁有了兩件兌換橙武，但他已經同時擁有了三件，這當中，當然有一件是玩家總是會優先重視到的武器。

熔岩怒火！

「大漠孤煙」的雙拳彷彿像火焰在燃燒，在流淌。

崩拳！

一擊揮出，燃燒的拳頭在這一刻好像更熾烈了。

碰撞，又一次碰撞。

兩個在玩家們看來已經是最頂尖的高手，此時卻好像不懂得什麼技巧和變通，彷彿兩個新人菜鳥似的，只是自顧自地施展著技能，攻向對方的身體。

不過這一次，天擊對崩拳的判定有了明顯的優劣。「大漠孤煙」的拳頭轟在「一葉之秋」的戰矛上，拳勁送出，「一葉之秋」的身形立即開始了晃動，崩拳的判定，明顯要強於天擊。

機會！

能看出門道的玩家心中紛紛都是這樣認爲的。「大漠孤煙」果然也沒有讓他們失望，趁著判定優勢，繼續逼上搶攻。

機會嗎？觀戰的蘇沐秋此時卻在呵呵笑著，天擊對崩拳，明顯的判定劣勢。葉修會考慮不到這一點？他會在這種地方出現破綻？這些以爲是機會的傢伙，未免太小瞧眞正的高手了吧？

這不是機會，或者說，這是機會，但是，這是葉修的機會，因爲這個破綻是他有意賣給對方的。

身形晃動，看似是被崩拳壓過天擊的判定逼得踉蹌不穩。但就是這樣一個看起來很無奈的，已經失去控制的步伐，卻剛剛好將「大漠孤煙」的這記高飛腳給避開了。緊跟著，一道光芒已經從「一葉之秋」的身後飛出。

無屬性炫紋！

龍牙和衝拳碰撞時所產生的無屬性炫紋，並沒有像很多戰鬥法師習慣的那樣一經產生就迫不及待地射出，而是等到了這個時候。所有人都覺得是「大漠孤煙」占著上風，占據著主動的時候，「一葉之秋」突然開始了反擊。

光芒，瞬間充斥了「大漠孤煙」的視角。這已經不僅僅是對角色的攻擊，更是對操作者視線的干擾。這一點，圍觀的玩家無從體驗，眞正知道的，只有蘇沐秋這個和葉修有交手經驗的人，以及此時的「大漠孤煙」。

但是，不退，不閃。

高飛腳的攻擊被避過。

視線被無屬性炫紋的光芒遮擋。

「一葉之秋」緊接著的攻擊也已經發動。

但這一切都沒有影響到「大漠孤煙」的動作，他就連半分慌張和遲疑都沒有，揮拳，他依舊在揮拳。三十二級的角色，擁有的技能還比較有限，這一拳只是一記普通攻擊，是一記非常普通的直拳。

但是這一拳比任何技能發動得都要快，這一拳的攻擊，比視線沒有被遮擋時還要來得準確。

拳頭穿過了無屬性炫紋，光影爆散著，「大漠孤煙」受到了傷害，但是對他的動作卻沒有產生絲毫影響。普通的一拳，就這樣，攻擊命中了「一葉之秋」的頭部。

砰！

沉悶的一聲。

普通攻擊的傷害並不強，但這一拳卻足夠打亂「一葉之秋」的節奏。玩家們紛紛驚嘆著，他們根本沒有意識到這當中所包含的變化，他們眼中就是「大漠孤煙」把握住了機會，占據著上風，果然獲勝四千零一十二場的「大漠孤煙」，比起三千六百八十六場全勝的「一葉之秋」要強上一點。

蘇沐秋也在驚嘆，但是驚嘆的內容和所有人都不大一樣。

因爲只有他知道，葉修本是在引誘對手進攻。他所沒想到的是，這個對手——「大漠孤煙」以這樣粗暴、簡潔、乾淨、準確的方式，直接摧毀了葉修的誘導。

這不是歪打正著，這個「大漠孤煙」和他一樣，一早就判斷出「一葉之秋」的那個判定不敵是葉修順勢而爲的誘導。但是他沒有因此迴避，他連半分遲疑都沒有，就這麼毅然迎了上去。

明知是坑，還要往下跳，這怎麼看都是相當愚蠢的舉動。但是這個叫「大漠孤煙」的拳法家，憑著他的堅決和勇氣，憑著這樣愚蠢的舉動偏偏就殺出了一條路。

這一刻，再不是「一葉之秋」的有意退讓、誘敵，而是「大漠孤煙」眞正占據了上風，占據了主動，他的攻勢不停，愈發的猛烈，面對強如葉修這樣的對手，他並沒有像很多人那樣保守謹愼，反而有一股子一波帶走的氣勢。

不愧是百分之百勝率的高手，眞的很強！

看到如此姿態的一個高手，蘇沐秋覺得自己都有些被點燃了。一直以來，他都偏重於在遊戲中製造收益。ＰＫ的勝負，如果是沒有收益的，並不會讓他太過重視。但是此時，他忽然有一種拋開其他所有，只是單純地追求一次勝負的衝動。

不要輸！

蘇沐秋忽然有了這種期待，原本他並不是太有所謂，甚至有些想看看葉修被擊敗後的模樣，但是此時此刻，他無比堅定地期待著葉修可以獲勝，這種同仇敵愾的心情，異常的清晰。

他轉過頭，看著一旁的葉修。葉修的神情也是前所未有的專注和認真，同時還包含著一股興奮勁兒。

棋逢對手！

這是眞正的棋逢對手。

一次勝負已經說明不了什麼，這兩個人，會一直打下去，會有很多次交手和勝負，這一刻，蘇沐秋忽然就有了這樣的預感。

那麼，誰能先拔頭籌？誰會在這第一次的交手中，戰勝對方？

機會！

蘇沐秋眼睛忽地一亮。

總在遊戲中鑽營收益的他，最擅長發現BUG和漏洞，這些往往都是可以製造出可觀收益的突破口。養成如此習慣的他，連戰鬥方式都變得非常計較成本。

用最小的代價，收穫最大的成果，這是他的原則。

他喜歡BUG，擅長發現BUG，善於利用BUG。

而眼下，他發現了一個BUG，一個漏洞，在那一瞬間，他下意識地，情不自禁地，就已經操作著他的「秋木蘇」把槍端起來了。

但這反射性般的一槍，終究還是沒有出手。

因爲葉修的反應比他更快，這一時機捕捉得更準。

轟！

落花掌！

一掌推出，正拍在「大漠孤煙」攻擊銜接中的一個微小空檔，一個在所有人眼中，根本就不存在的瑕疵。

蘇沐秋看到了。

而他看到的時候，葉修已經出手打斷了「大漠孤煙」的攻勢。

暗夜斗篷！

「大漠孤煙」還沒來得及被這記落花掌的擊飛效果轟飛，「一葉之秋」已經揮出暗夜斗篷將他籠在了半空中，緊跟著又一把驅散粉灑上。

「一葉之秋」展開了反擊。

和「大漠孤煙」一樣，葉修所使用的技能，也並沒有侷限於戰鬥法師本職業的技能樹。目前玩家都才三十來級，單一職業技能樹的話，可用技能會很侷限，所以很多人都會選擇學習一些本職業系轉職前的共用技能，來豐富戰鬥手段。

戰鬥法師屬於法師系，就戰鬥方式而言，法師系幾個職業差距頗大。但是就在這樣的職業系中，葉修的技能選擇卻比一般人還要寬泛一些。那些明明不屬於同種戰鬥方式的技能，竟然也在他發動的攻勢中又以十分契合的方式組織在了一起。

召喚師的召喚獸哥布林出現在了戰場上。

元素法師的烈焰衝擊已經兩次在「大漠孤煙」的身上燃起。

觀眾幾乎都要忘記「一葉之秋」的職業，直至每一次魔法炫紋射出時，才會明確一下，這是一個戰鬥法師。

「厲害！」

「精彩！」

周圍玩家議論紛紛。

之前還覺得「大漠孤煙」很猛，四千零一十二場全勝果然要比三千六百八十六場全勝厲害一些的人們，這一轉眼間就已經開始看好「一葉之秋」了。

「一葉之秋」的攻擊一直在繼續著，沒有中斷，但是人們的眼神卻漸漸變了。因為他們愕然發現，就在「一葉之秋」攻勢一直未被打斷的情況下，原本只因被壓制而處於被動的「大漠孤煙」，竟然漸漸扳平了局面。

「一葉之秋」在攻擊，「大漠孤煙」也在攻擊。

眼下的局面，已經不再是一方攻一方守這樣的局面了，而是一場勢均力敵的對攻。

「還真是個強硬的傢伙！」蘇沐秋驚嘆著。「大漠孤煙」這種頑固的戰鬥風格，實在和他的理念相去甚遠。換作以前，他一定會非常不屑。但是這個「大漠孤煙」卻用一種超乎他想像的堅強和頑固，讓他感受到一份與他的理念截然不同，但也絕對值得尊重的信仰。

雙方的生命幾乎是在同步下降，戰鬥已經進入到了白熱化，沒有誰占據著明顯的優勢，勝負勢必要在最後一刻才見分曉。

崩拳！

即使到了這一刻，「大漠孤煙」的氣勢也沒有弱下半分。崩拳，這個等級拳法家的最強招，強而有力地向著「一葉之秋」轟了過去。

勝負在此一擊！

所有人都看得出，「一葉之秋」的生命値已經不足以再挨這一記崩拳。「大漠孤煙」也不理會其他，不避不讓，這一拳，勢如破竹地轟出。而「一葉之秋」的戰矛，此時抽回阻擋不及，落花掌這個可做交換的技能，也不巧正在冷卻中，魔法炫紋，也正好全數用盡。

沒有退路，無法閃避，「一葉之秋」似乎已經陷入絕境，但是就在這時，「大漠孤煙」忽然一跳。

毫無理由地一跳，莫名其妙地一跳，但是很快大家就都看到，不是「大漠孤煙」自己想跳，而是因爲他受到了攻擊。

刺藤！

召喚師的浮空攻擊技能，如此冷不防地從地底冒出，縱然是「大漠孤煙」也是毫無防備，頓時被這一擊刺上了半空。

但是，只要一拳！

刺藤改變了「大漠孤煙」的身形，但並沒有中斷他的攻擊，「大漠孤煙」的拳頭依舊執著地向著「一葉之秋」揮去。

「一葉之秋」卻已經蹲下了身，和刺藤攻擊後的浮空效果形成完美的呼應，一下就拉開了和「大漠孤煙」之間的距離。抽回的戰矛已經疾刺出手，連突！

矛長臂短。

「大漠孤煙」雖然出手在前，但是最終卻是「一葉之秋」的戰矛先一步刺中了他。浮空狀態中的他，吃了這記連突後看起來已經再沒有取勝的機會，拳頭都已經無奈地落下。

勝負已分！

但是「一葉之秋」卻沒有就此留手，連突生成的冰屬性炫紋依然是飛射出去，轟中了半空中的「大漠孤煙」。

擊殺！

只差這一擊的「大漠孤煙」，生命徹底清零，與此同時更有一件裝備隨著他的身體一同摔落在地。

圍觀玩家一愣後，這才反應過來，這場對決，不是在競技場內，這是場景內的一次

ＰＫ，有ＰＫ死亡後的經驗損失，也有裝備被爆出的機率。

這個機率並不算太高，但顯然「大漠孤煙」的運氣也並不太好，裝備被爆出不說，而且所有人都看得清楚，被爆出的裝備，正是他的武器，橙字拳套：熔岩怒火。

財帛動人心，而在遊戲裡，最動人心的，那就是裝備。

瞬間，很多人就已經忘記了剛剛那場動人心魄的對決，忘記了剛剛還對兩位高手異常佩服的心情。

裝備！

橙字裝備！

競技場積分獲取的橙字裝備。

立即就有忘乎所以的人衝了出來。爲了搶到這件橙字拳套，他們不惜向「一葉之秋」出手。

很顯然「一葉之秋」與倒下的「大漠孤煙」是距離最近的，他要拾取拳套，沒有人會比他更近。

但是他此時卻又只剩下丁點生命，這無疑增強了這些玩家的信心，即使之前親眼目睹並佩服過「一葉之秋」的高超實力，但只這點生命，他們無所畏懼。

遠程攻擊，率先就朝著「一葉之秋」展開了，抱有共同目的的玩家，倒也在一瞬間展示出了一定的默契。但只一秒，這份默契就已成了相互之間的忌憚，所有人都發現，競爭對手，原來不止是「一葉之秋」。

「太不像話了！」

人群中突然冒出憤憤不平的一聲，一個氣功師衝了出來，一邊向「一葉之秋」那邊靠去，一邊揮掌運氣。

念氣罩！

氣功師停步的同時，防護技能出手，可以抵擋攻擊的念氣罩打開，將「一葉之秋」護在了當中。

「啊！」但緊跟著氣功師玩家就驚叫了一聲，他看到「一葉之秋」赫然衝了出去，迎著那些想要擊殺他的攻擊。

「喂你……」氣功師慌忙叫著，念氣罩發動後，就不能再移動，這「一葉之秋」主動衝出防護圈，難道是沒看到自己出手？但是話才剛喊了兩個字，氣功師玩家已經目瞪口呆，「一葉之秋」，一轉眼就已經從那來自多個方向的攻擊中穿了過去，毫髮無傷地衝到了倒下的「大漠孤煙」屍體旁邊，飛快地拾起了那拳套後，再一轉，幾步就已經回到了他打開的念氣罩中。

「謝謝。」

他聽到「一葉之秋」對他說著，不過此時他的視線已經轉到了另一端，他看到那邊站著一個神槍手，舉著雙槍，裝備很是破爛，但是氣功師玩家非常清楚，就在剛剛，是這個神槍手發動的攻擊擾亂了玩家們的攻擊，才讓「一葉之秋」可以閃過攻擊，撿到拳套。

「也是個高手啊……」氣功師玩家多看了「秋木蘇」幾眼，而那些起了心思的玩家，一看裝備已經被拾取，也沒有進一步行動的打算，匆忙就散走了。

葉修這時也已經給「一葉之秋」吃下了一劑血藥，生命稍有恢復，也不怕再有什麼算計，朝著氣功師這邊走來。

「剛才多謝了。」葉修再次表示致謝。

「呵呵，多此一舉而已。」

氣功師笑著，又看了「秋木蘇」兩眼。他心裡也是清楚的，他的念氣罩事實上並沒有起到什麼作用，「一葉之秋」撿完拳套躲回念氣罩，也完全是給他面子罷了。

「這拳套你要嗎？」葉修跟著問道。

「啊？我？我不要啊，不還給那個人嗎？」氣功師說著。

「我問問。」葉修說著。

兩秒鐘後，氣功師在世界頻道看到訊息。

『大漠孤煙你爆出來的拳套還要不要了？』「一葉之秋」問。

世界譁然。

「一葉之秋」、「大漠孤煙」，現在競技場全勝的兩大高手啊！現在「一葉之秋」在點名「大漠孤煙」，這是什麼情況？爆出來的拳套是怎麼一回事？

『不要。』在一片討論聲中，「大漠孤煙」言簡意賅地回答，卻還是被很多人看到了，包括葉修。

「他不要了，你拿去用吧！」葉修向氣功師說。

「我還是用手套吧！」氣功師依然是回絕了。

「那就給我吧！」蘇沐秋的「秋木蘇」也早已經湊過來了，此時事件雙向傳遞著，在遊戲裡傳遞的同時，遊戲外他也在轉頭衝著葉修嚷著。

橙裝啊！

作爲研究素材來說，太難得了。雖然他經常扒了「一葉之秋」的裝備去分解研究，但是「一葉之秋」身上的兩件橙裝蘇沐秋可從來沒動過心思，這點底線他還是有的。要動心思，也要等「一葉之秋」等級更高時這兩件裝備要被葉修淘汰了再說嘛！

「拿去吧！」一件引發玩家動起歪心的橙字拳套，就這樣被葉修隨手扔給蘇沐秋去當實驗品了。

「說起來，你剛才其實沒必要放那個冰屬性炫紋擊殺他吧？」氣功師這時突然又問了一句。

「不，很必要。」葉修說，「否則死的就是我了。」

「哦？」

「那傢伙可沒有輕易放棄，他的鷹踏已經要出了，如果不放那冰屬性炫紋，甚至放得慢一點，死的都會是我。」

「這樣啊，受教了。」

「呵呵，加個好友吧，以後有機會一起玩。」葉修說著。

「好的，有機會一起。」

於是，在這一天，同一時間。葉修遇到了在未來會和他爭鬥數年的最強對手，以及那個在職業聯盟最初三年，和他一起屹立在榮耀之巔的最強幫手。

「大漠孤煙」。

「氣沖雲水」。

Chapter 4

那年花開

榮耀！

螢幕上閃過了兩個大字，對每一位《榮耀》網遊玩家來說，無比熟悉的兩個大字。

但在這組畫面中，這兩個字所意味的可不僅僅是一場競技場ＰＫ的勝利。

這是一場終極勝利，意味著一個冠軍的誕生。

《榮耀》職業聯盟第一賽季，最終的總冠軍——嘉世戰隊！

在歡呼和掌聲中，贏取到最終勝利的戰隊選手歡呼雀躍，聚集在一起，但是他們當中，卻少了一位，對於他們而言，最重要的那一位。

葉秋，「一葉之秋」……

哪怕是贏取到這最終的勝利，竟然也像整個賽季每場比賽那樣，悄然出現，悄然退場。

誰是葉秋？

伴隨了這一整個賽季的話題，直至最終，也沒有個答案。賽後接受採訪的嘉世戰隊，在談到這個問題的時候，也像他們一整個賽季所堅持的那樣，堅決閉口不談。

「哼，故弄玄虛，絕對是炒作。」有人說著，類似的聲音，並不少見。

「不管是不是炒作，總之他很強，非常強。」一人回答道。

「那是大孫你不肯參加，否則的話，有他的事？」之前那個聲音不屑道，「我說你爲什麼要拒絕人家組戰隊參加《榮耀》聯賽的邀請啊？不然現在站在這臺上的一定是你。」

「白癡，哪有這麼簡單。」被稱作大孫的人回答道。

「我看大孫你就比那傢伙強！」那人說著，但是說完後，似乎自己都覺得這話不是太靠譜，連忙又更正了下，「總之也不會比他差。得到冠軍的，爲什麼不能是你？」

「因爲這不是一個人的事啊！」大孫說。

「那還有什麼？」那人問。

「還需要幫手啊！你們這些渣，根本看不出他們隊裡那個氣功師的重要性！」大孫說。

「氣功師？『氣沖雲水』？吳雪峰？開玩笑的吧，他也算是個高手？」那人十分不屑。

「你懂什麼！」大孫罵道。

「好了好了，決賽打完了，都準備上線！」另一端又傳來一個聲音。

這是K市一間普通的網咖，一群熱愛《榮耀》網遊的少年，時常在這裡玩到夜不歸宿。玩物喪志嗎？或許吧……

但是螢幕中所倒映出的那一張張青春飛揚的專注面孔，又有誰敢肯定，這當中就沒有藏著夢想呢？

嘉世戰隊，「一葉之秋」，在這一晚又收穫了無數的粉絲。

但是冠軍——

這個字眼，也在這一晚傾注了更多人的心房，這是比在遊戲競技場裡那一次又一次的「榮耀」更加吸引人的東西。因爲它是由無數個頂尖「榮耀」匯集而成。

這一次，冠軍屬於嘉世，屬於「一葉之秋」。

下一次呢？

夢想，就是在這種不經意的幻想，不經意的期待中萌芽。

七月。

距離《榮耀》聯賽第一賽季結束、嘉世奪冠過去已經有一個月了，但是鋪天蓋地的宣傳還沒有結束。尤其是城市中聚集著大量網遊玩家的網咖，有關《榮耀》、有關《榮耀》聯賽的宣傳恨不得貼滿每一個角落。電競頻道更是將那場號稱巔峰對決的嘉世對皇風的決賽翻來覆去重複播放了不知多少遍。

九遍！

大孫對這個數字記得很清楚。雖然每次看到重播時他心裡都會吐槽一聲「又來」，但是每一次，他都會放下手裡的一切，看得目不轉睛。

電競頻道重複了九遍，他就看了九遍，加上之前的現場直播，他看了整整十遍。

人人都在讚美嘉世「一葉之秋」的強大，這一點，大孫不反對。「一葉之秋」絕對很強，就算是一貫無比自信的他，想到「一葉之秋」的強大，自信也會有一點動搖。

但也僅僅是一點點。如果是單挑，他不敢說必勝，但是他一點都不會畏懼與「一葉之秋」爲敵，一點都不怕。

眞正讓他覺得沒有把握的，是嘉世這支戰隊，是這支隊伍中的另一個人。

氣功師，「氣沖雲水」，吳雪峰。

爲什麼沒有人注意到他的存在？

爲什麼沒有人重視他的功勞？

大孫不理解，非常不理解，無論是賽後媒體的報導，還是論壇上的玩家討論，吳雪峰，一直是一個經常被忽視的名字。

但是，不應該啊！

這明明是嘉世應該被重視的第二號人物，他的存在，對嘉世，對「一葉之秋」都至關重要。

總決賽的最終決戰，大孫看了足足十遍，每一遍，都讓他進一步加深這一看法。可是實在太少人留意到這一點了，大家似乎都以爲只要隊裡有一個足夠強悍的高手，隊伍就能披荊斬棘拿下所有勝利。

「哪有那麼容易啊……」大孫嘟囔著，網咖已經到了。他邁步進去，卻發現今天的氣氛有些不一樣，在他進來的一瞬間，所有人都望向他，好像所有人都在期待著這一刻一樣。

大孫奇怪，卻還是義無反顧地走向吧檯，他可從來沒有怕過什麼。

從吧檯領到上機牌，已經有人湊到了他的身邊。

「狂劍？『落花狼藉』？」那人問。

狂劍士，是大孫在《榮耀》裡的職業。

「落花狼藉」，是他狂劍士的名字。

「是我。」大孫說。

「聽說你技術不錯？」對方又問。

「還好。」大孫說，「你有什麼事？」

「我們想組一支戰隊，如果你技術確實不錯，那麼我想邀請你加入，一起參加下賽季的《榮耀》聯賽，奪取總冠軍！」對方說。

「你們？」大孫眼前所見的，只有一個人。

但是一排電腦後邊馬上就站起了五個人，一樣的年輕，一樣的充滿期待，他們在這裡等候大孫多時了。

「試試吧！」大孫也有了一點興致，邁步走向了他的電腦。對戰的房間很快在競技場已經建好，迅速聚集了一群觀眾。網咖裡等著看這場熱鬧的人可多得是。

登錄，狂劍士，「落花狼藉」。

大孫進入競技場，很快找到了名爲「劍指總冠軍」的房間名，心裡禁不住也有一點小澎湃了。

「來吧！」他大聲招呼著，「一起，還是？」

一起？

網咖裡好多人都愣住，跟著就已經有笑聲傳開。

「大孫你眞是很狂啊！」有人叫道，網咖裡的熟客，互相都是認識的，尤其是《榮耀》玩家。

這是狂嗎？

大孫也在發愣，如果只是檢驗實力的話，一起，或是不一起，不都一樣嗎？

對方六人卻也像是受到了極大侮辱似的，看向大孫的目光極其不善。

「我來。」他們當中有一人的神情看起來倒是頗爲平靜，爭執，也說明不了什麼，一切還是要到競技場上說話。

他的角色站上了對戰席，直接開始，一對一。

狂劍士，「落花狼藉」。

戰鬥法師，「鬥氣主宰」。

倒數計時，比賽開始。角色刷新，各居一角，地圖擂臺場，玩家競技場最常用的地圖。

這樣的簡單地圖，除了操作以外還能表現出什麼呢？意識、判斷、經驗……如果想全面考驗水準的話，實在不應該選這張直來直去的簡單對戰圖。

大孫有點失望。

但是對手已經衝來，直來直去，戰矛揮舞著殺到了「落花狼藉」面前。

「落花狼藉」橫移，錯位，重劍提起。

倒斬！

戰鬥法師上天。

大孫更失望了。只是一個很簡單的錯位反擊，對方就已經完全應對不過來了。如果是「一葉之秋」……

大孫沒有繼續想下去，這個期待未免也太高了點。

他操作著「落花狼藉」攻擊，不算太猛烈，但是對手毫無招架之力，四十六秒後，勝負已分。

「好強！」對方站起來驚呼。

強嗎？

大孫苦笑，自己根本就沒認眞啊！

「是你太弱。」大孫說。

對方憤怒。

「一起吧！」大孫已經不想浪費時間，和這樣的人湊在一起，還什麼「劍指總冠軍」，可想而知其他幾位都是什麼樣的水準了。

但對方卻依然不自知。

「我來。」又一位叫著，還是一人上場，獨自應戰。

四十一秒，敗。

又一人來，三十七秒，敗。

對方終於放下了矜持，三人一起來。

兩分五十四秒，三人敗。

網咖鴉雀無聲。熟客都知道大孫很強，但是，一打三，也勝得這麼輕鬆，勝得這麼徹底？

大家都有旁觀比賽，三對一，三個人的角色根本就沒給大孫製造出什麼麻煩。三個人的角色全場都被「落花狼藉」吊打，看不出半點機會。

「太好了！」輸得徹頭徹尾的六人這時反倒還激動了。

「你就是我們要找的頂尖高手！」一人衝過來對大孫叫道。

「但你們不是我要找的。」大孫說。

「哈哈哈哈。」網咖裡笑聲一片。

「滾吧，菜鳥。」

「白讓我們期待了。」

「原來這麼弱啊！」

一片奚落聲中，六人黯然離開了。網咖裡的諸位繼續熱情地討論著如此弱雞的六人，竟然還敢聲稱什麼組隊奪取總冠軍。

很弱嗎？也不能算是吧……大孫想著。六人的角色在競技場上都擁有極高的勝率，高到讓他們擁有了這種底氣。

但是，還遠遠不夠啊！那個舞臺，比你們所想像的要艱難得多……大孫的腦海中，浮現出他反覆觀看了十次的比賽畫面。他也不止一次地想過，如果自己身處在那樣的畫面中，他會做些什麼，他能做到什麼。

但是只憑自己的話……

大孫想著，搖了搖頭，哪有那麼容易啊！

「大孫，『西部荒漠』，快！」突然有喊聲傳來。

「怎麼？」大孫一邊讓「落花狼藉」退出競技場一邊連忙問著。

「打起來了，快來幫忙！」對方叫道。

「馬上！」呼應的不止大孫，剛剛湊進房間裡觀戰的玩家，紛紛讓角色退出競技場，操縱著狂奔向了「西部荒漠」。

他們是同一間網咖的熟客，在遊戲裡也經常玩在一起，正所謂一方有難，八方支援。經常一起打打殺殺共同進退。

「快點，有高手！」呼救的人催促著。

高手？

眾人紛紛笑了，這一刻高手在他們聽來就像是一個笑話，這個世界敢隨便自稱高手的人太多了，就在剛剛還有六個自稱高手，號稱要奪取總冠軍的傢伙，結果最後卻連三打一都搞不定。

「高手嗎？最喜歡了！」大家叫著，從各自角色所在的主城，四面八方地衝向了西部荒漠。

西部荒漠，五十級練級區。

太陽已經西斜，餘暉灑在這片廣袤的荒原上，平添了幾分壯麗。但是此時可沒有多少人有心情欣賞景色，一場大規模的ＰＫ正在荒原中進行。

ＰＫ因何而起？

大孫他們趕到時已經不得而知了，他們只知道戰鬥進行得很激烈，而他們從中努力辨認出自己的同伴後，就飛快加入到他們的團隊中。

「高手在哪兒呢？」大家笑著，還沒有忘了這個笑話。

「就那個彈藥專家，叫什麼花的！」有人回道。

「什麼花？」大孫聽到一個聲音彷彿就在自己耳邊，是遊戲裡站在自己身邊的一名騎士，正滿含譏誚地說著。

大孫卻看到落日撒下的餘暉中，幾道斜長的影子飄然而至。他抬起視角，正對夕陽，陽光沒那麼刺眼，幾團陰影正在飛速逼近。

「當心！」大孫叫著，慌忙操作「落花狼藉」飛速向旁一個衝撞刺擊。
「當心什麼？」那騎士還在笑著。
陰影落下，花來了。
爆炸的煙花瞬間已將騎士吞沒，而且沒有停。緊接著槍響雷轟，大片的光影繼續在這一區域擴張。大孫慌亂再拉「落花狼藉」走位，躲避爆炸的籠罩。飛快轉動的視角中，一道高速移動的身影落入他的眼中。
「在那邊！」大孫叫。
「什麼？哪邊？」大家完全不知道他在說什麼。
「我去！」網咖裡卻有兩人齊齊掀了鍵盤。那騎士，還有另外離他很近的一人，一起在那片絢爛的光影中開成了兩朵小白花。
「一點鐘方向！不，十一點鐘了！九點鐘！」大孫死死盯著那個角色，一邊大喊提醒著同伴。那小子走位太快了，一刻不停地變換著位置。
「大孫你在說什麼啊！」眾人卻紛紛跟不上他的節奏。
「那個什麼花！」大孫氣道。
他也看不清那角色的名字，對方很狡猾，充分利用著混戰中的諸多角色站位，將其他角色當成是他的掩護，不斷地隱藏著自己的身形，以至於名字因此顯示得不太完整，那倒不是刻意的。如此混戰中確實不太容易看清某一個角色的ＩＤ。

其他人都理會不了，那麼只能靠自己來解決了！

衝上！

大孫的「落花狼藉」倒拖重劍前衝，迎面一名劍客跳出攔路。

倒斬！

向前衝的途中已將重劍擺在身後的「落花狼藉」，早已經備好了出招的架勢，這一倒斬發動極突然，對方發現後再想閃避招架統統已經來不及。

劍客被斬上了天，操作者技術不錯，浮空中試圖調整，用銀光落刃反擊，但是一道猩紅的劍影卻已經直劈下來。

血影狂刀！

以劍驅使，卻是以刀爲名。

狂劍士這個職業，大量的技能都是斬擊，實在不像一個劍士，而像是一個刀客。但不管是刀是劍，這名劍客已被斬落，猩紅的劍影甚至穿透他的身體，直落他的身後。

轟！

大地似乎都在顫抖，一劍，劈出了一條血路，「落花狼藉」直衝敵陣。重劍狂舞，轉眼間就已經擊飛數名對手。

「注意，注意那個狂劍士！」戰場上已經開始響起對方玩家的狂呼聲。

「哪個，哪個？」有人問著。

「就那個，什麼花！」有人喊。

又是什麼花。

這邊有一個什麼花，那邊也有一個什麼花。而眼下，這邊的什麼花，可是在衝著那邊的什麼花衝去的。

可是沒有這麼簡單。

之前還只是把其他角色當成是掩護，但是眼下，赫然又織起了一片光影，身形在當中若隱若現的。

看你能堅持多久！

大孫咬死不放鬆，這彈藥專家的打法，十分依賴技能，這樣連續的技能大爆發，法力消耗無疑會很大。

但是轉眼大孫就又發現，這傢伙的法力固然消耗很大，己方在他這樣的攻擊下生命損耗也極大。幾乎沒有人能及時避開他的攻擊，大片的光影，大面積的籠罩，封閉著對手，同時也在配合著己方的攻擊。原本只是一場大混戰，因爲他的穿插，對方這些亂七八糟的傢伙竟然也有了攻擊節奏。

不過節奏可以建立，當然也可以被破壞！

衝！繼續衝！

大孫不再一味地死盯著對手，而且有意地破壞對方的攻擊意圖。不間斷的斬殺，血早已染透了劍鋒，重劍斬下飛起的血花，比起那些絢爛的爆炸光影也不遑多讓了。

「攔住啊，攔住！」

喊聲還有，但卻越來越少，不是因爲不重視，而是因爲越來越多的人已經在阻止的過程中倒下去了。

倒在光影中的，倒在血花下的。

遍地都是玩家的屍體，遍地都是爆出的裝備。但卻沒有絲毫停頓，這場戰鬥，已經到了誰先鬆一口氣誰就將先倒下的地步。

是戰鬥，就終將有勝負！

「還往哪兒跑！」

大孫喝聲中，暴走狀態的「落花狼藉」直衝向前，揮劍躍起。

崩山擊！

重劍斬下，周圍已經全場屍體，一場混戰，竟是硬生生殺到只剩兩個人。彈藥專家失去了依靠其他角色掩護自己身形的機會，終於是被大孫捕捉到了他的走位路線。

什麼花？

還眞是什麼花。

這一刻，大孫看得很清楚，是「百花繚亂」。

重劍劈下，「百花繚亂」已經來不及閃避，但是手中的自動手槍還是勉強地端起，還是有一顆子彈噴火射出。

噗！

血花在「落花狼藉」的身上濺出，中彈，但是沒有大礙，只不過是普通一擊，完全無法阻止崩山擊。重劍落下，飛起的血花更加鮮豔了，「百花繚亂」被劈倒在地，勝負已分。

但是大孫卻沒有讓「落花狼藉」繼續攻擊。

勝負已分嗎？

是已分，但分出勝負的原因，只不過是因爲自己來得稍微遲一些，所以狀態更充足一些，而對方早在戰鬥中，先一步用光了法力，耗光了精神而已。

如果最後那一槍帶個什麼彈藥技能的話，這場勝負大概還有得打。

重劍收回，扛上了肩頭。

「嘿……」大孫笑了一聲，看著眼前倒在地上的傢伙，他突然覺得自己一直在腦補的那個畫面漸漸完整起來了。這個畫面，應該足以出現在那個舞臺上，可以置身於自己看了足足十遍的那場戰鬥中了吧？

「你的技術看起來不錯，要不要和我一起來個組合？」

「嗯？」倒在地上的那位明顯意外了一下。

「你是誰？」他問道。

「孫哲平——狂劍士『落花狼藉』。你呢？」

「張佳樂——彈藥專家『百花繚亂』。」

「那我們的戰隊呢？」孫哲平說。

「戰隊？」張佳樂看了看兩人角色的名字，想了想：「雙花？」

「雙花哪裡夠，要百花才好。」孫哲平說。

那年，西部荒漠，百花盛開。

Chapter 5
雙核時代

「『落花狼藉』上來了！『百花繚亂』跟在後面！二對一！藍雨的局勢很不妙，他們的隊長會如何應對呢！」

電視機上畫面閃爍著，傳出播報員激情的吶喊，這場《榮耀》職業聯盟比賽的對決，已經到了決定最終勝負的時刻。

坐在電視前的一群少年，紛紛捏了一把汗，緊張得有些透不過氣來。

一個少年卻偏偏在這時候跳起，衝著電視機揮拳吶喊起來：「上啊老鬼！不要輸給他們！你沒有這麼不中用吧！不就是兩個新人而已！昨天你是這麼說的吧？你是在吹牛嗎？」

少年喋喋不休地叫著，但是場上的形勢卻終究沒有在他的喊聲中改變。

「繁花血景，繁花血景！」主持人大叫著，大片的光影鋪滿了整個畫面，鏡頭拉近，就見光影中一柄重劍凌厲地劈下。

血花飛快撲騰起來，但很快就好像是被蒸發了似的被華麗的光影所遮蓋。重劍之下的身影，看起來是那樣的不甘，但終究還是難擋生命值的消亡，就這樣隨著劍落，徹底地倒了下去。

「贏了！繁花血景！這是百花戰隊本賽季的又一場勝利，他們是本賽季最大的發現，最大的黑馬。誰能阻擋他們的勝利？『掃地焚香』不行，『索克薩爾』也不行！會是『大漠孤煙』嗎？還是『一葉之秋』？好了，本次轉播就到這裡，《榮耀》職業聯賽，下週同一時間再會！」

現場播報員宣布了勝利，比賽謝幕，畫面上是百花雙人組對「索克薩爾」最終擊殺的反覆重播，坐在電視機前的少年們神色都很黯然，誰也沒有說什麼。還是之前的那個少年，一步上前，怒氣沖沖地關掉了電視。

「沒用的老鬼！」他嘴裡還在嘟囔著。但其他人依舊保持沉默，敢這樣評價、稱呼他們藍雨隊長魏琛的人，在整個俱樂部也就只有他這麼一位，其他少年實在沒有辦法跟著附和。

「這本來就不是一個人可以做到的事。」這時，有一個人從電視機前的人叢中站了起來，如此說道。

黃少天看著這個人，露出不以爲然的神色，「吊車尾的有什麼高見啊？」

吊車尾的……很令人尷尬的稱謂，可是喻文州從進入藍雨訓練營的那天開始，表現一直居於末流。他那慢到實在無法讓人恭維的手速，讓所有人都認爲他根本不具備一個職業選手應有的基本素質。

但是他留下了。

藍雨訓練營的層層篩選淘汰，大家都覺得他肯定早早就會出局，結果他卻留到了最後，成爲了藍雨戰隊會正式培養成爲職業選手的預備隊員。可即便這樣，在所有留下的人當中，他看起來依然是最沒有前途的，因爲他的手速，經過這麼久的訓練依然沒什麼長進。所以即使淘汰了很多人，但是在這些被留下的優秀學員當中，他依然是吊車尾的。由資質最優秀的黃少天喊出這稱呼，尤其顯得有說服力。

但是喻文州對此卻不氣也不惱，只是非常平靜地說出了他的看法。

「《榮耀》不是一個人的遊戲。」他說道。

「哦？葉秋的名言嗎？」黃少天說道。葉秋，《榮耀》聯賽上屆總冠軍的得主，這句話因為出自他之口，而被很多人所信奉。但是，黃少天顯然並沒有那麼太當回事。

「不是名言。」喻文州卻還是很平靜地說著，「是事實。」

「所以說，如果你也在場上，局面就會不一樣了嗎？」黃少天譏笑著。

「不，在場上的應該是你。」喻文州說道。

黃少天一愣，別人說一句他可向來至少要回三句的，此刻卻罕見地沉默了。他不由自主地就開始設想，如果自己在場上，自己的劍客「夜雨聲煩」在「索克薩爾」身邊的話，自己能做些什麼呢？

「嗯，這個問題嘛……」他終歸還是要說些什麼，可是張口後一看，卻發現原本喻文州的位置已經沒人，房門半掩，這傢伙竟然已經離開了。

自己，被這個吊車尾的給教育了？黃少天再次站在原地發愣。

《榮耀》職業聯盟第二賽季近半，新成立加入聯盟的百花戰隊吸引了眾多視線。他們銳不可當，在積分榜上一路領跑。以狂劍士「落花狼藉」和彈藥專家「百花繚亂」構建起來的雙核心打法令人耳目一新，有評論家大膽斷言聯盟從此將進入雙核時代。

「雙核時代嗎……」魏琛望著擺在他桌上的這份新一期電競週報上偌大的標題，點起了一根香菸。

雙核，是不錯，自己也早就想構建一支這樣的戰隊，但是，還未成熟啊！

魏琛透過窗戶望向走廊對面的藍雨訓練室，一群朝氣蓬勃的少年賣力地打著《榮耀》，當中有那麼一位，除了雙手一刻不停地操作著以外，上下嘴皮也始終在翻動著，層出不窮的話語不斷地從他嘴巴中噴出。

黃少天。

這個因為在《榮耀》網遊中搶BOSS而結識的少年，魏琛極其看好他的未來，努力將他邀請來了藍雨戰隊。

他一定會成為未來藍雨的核心，魏琛對無數人這樣講過。

劍客「夜雨聲煩」，術士「索克薩爾」。

這就是他心目中要構建出的藍雨雙核，他不止一次腦補著這兩個角色在場上並肩作戰的景象，但是，自己還能等到那一天嗎？

一想到這個問題，魏琛頓時就心煩起來。

黃少天還遠遠不夠成熟，想登上職業賽場為時尚早，而他呢？在度過了《榮耀》職業聯賽的初紀元後，他迅速感覺到了狀態的下滑。爲了可以保持住狀態，他改掉了熬夜的陋習，每根菸都只抽幾口就丟掉，但是依然沒有用。

一年，或者是兩年？

魏琛有些不敢想，他怕自己甚至連這一年、兩年的優秀表現都無法保證。

自己……明明還很年輕啊！

望著穿衣鏡裡的自己，雖然有些不修邊幅，但是二十三歲的年紀，無論走到哪裡都是擋不住的年輕光芒。可是他偏偏選擇了這裡，《榮耀》競技，這個年紀眞是到了遲暮階段，那個話多的小鬼，不就整天「老鬼、老鬼」的叫他嗎？

哪有二十三歲的老鬼啊？

魏琛憤恨地想著，但現實就是如此殘酷。二十三歲，每天經常會想到的竟然是彷彿身後事一樣的東西，這樣的人生體驗，眞是讓魏琛覺得既可悲，又可笑。

時代才剛剛開始，自己竟然就已經要退出。

可是藍雨未來的雙核又在哪裡？會在這裡出現嗎？魏琛繼續望著訓練室裡那一個個身影，一張張的面孔，唯獨漏掉了坐在最右角，獨自一人安靜地看著上輪比賽戰報的喻文州。

對這個少年，魏琛從來沒有期待過。從一開始他就試圖勸退對方，但是少年的堅持讓他也不忍心太過強硬。喻文州留下了，一次又一次地成功留下。但是那又能怎樣呢？那個完全看不出有什麼進步的手速，根本無法在這個拚ＡＰＭ的世界裡生存，所有人都只是在等著他死心而已。

魏琛最期待的終究還是黃少天能快些成長，那樣的話，他或許還有機會在場上幫助這個聒噪的少年一把，他或許還能親自感受到他所設想的藍雨雙核。

◯

百花戰隊帶來的轟動所影響到的戰隊當然也不止藍雨，連霸圖、皇風，這些強隊都無一不在思考著百花戰隊帶來的衝擊。其中當然也包括初賽季的總冠軍得主：嘉世戰隊。

「『繁花血景』，媒體給他們起的名字呢，你怎麼看？」

嘉世戰隊，上賽季和葉秋一起捧起總冠軍獎盃的氣功師選手吳雪峰，和葉秋相識於《榮耀》網遊，已是多年的朋友。此時他正坐在電腦前觀看上輪聯賽百花戰隊的比賽，忽然感覺身後有人，頭也沒回地就問了起來。

「很厲害，不錯的新人。」葉秋說著。

「我們遇到他們……」吳雪峰說著，翻了翻桌上標注著賽程表的桌曆。

「要年後了，今年春節夠早的。」吳雪峰找到了百花和嘉世的對陣日期，同時也不忘感慨一下順眼看到的除夕日期。

「快過年了嗎？」葉秋也望向桌曆。

「是啊，假期已經安排下來了，你怎麼安排？」吳雪峰問著。

「沒有什麼特別的安排。」葉秋說。
「還是就在這邊？」吳雪峰問。
「大概吧！」葉秋說。
「嗯……」吳雪峰只是這樣應了一聲。會讓人感到爲難的問題，就是再好奇，他也不會問。
「那麼，就年後見了。」他說著。
「年後見。」葉秋點頭。
「新年快樂。」
「新年快樂。」

春節，一年一度的春節，辭舊迎新的一天。
嘉世網咖卻在這一天依然開著大門，網咖的老闆陶軒親自忙進忙出的。每年年尾的這一天，陶軒會給員工們放假，然後由他自己裡裡外外地將網咖打點一遍，扔掉許多這一年下來積累的還沒來得及丟掉的廢棄雜物，在這個辭舊迎新的日子裡狠狠地去一下舊。
雖然現在誰都知道，陶軒早已經不止是這麼一家網咖的小老闆。去年在《榮耀》聯盟初賽季奪得總冠軍的嘉世戰隊，可是由他一手投資組建的，現在的陶軒，可已經是一支成功戰隊響噹噹的老闆。

不過這更爲醒目的身分到底還是沒有抹去他的習慣，到了除夕這天，他依然親自動手整理起了他的網咖。

「陶哥。」正進進出出忙得熱火朝天，陶軒忽然聽到有人喊了他一聲，探頭一看，見到是葉秋和蘇沐橙站在網咖門外。

「是你們啊！」

陶軒笑容滿面地迎了出來，曾經，這兩位都是他嘉世網咖的常客，從某種意義上來說，算是他經濟支柱的一部分。而現在更不得了，葉秋，可就是他那支嘉世戰隊的絕對核心，上賽季爲嘉世拿下冠軍的功臣。

「忙著呢，有什麼要幫忙的嗎？」葉秋挽起了袖子。

「別，千萬別！」陶軒連忙衝上來按住葉秋的手，「你這雙手現在可太寶貴，千萬別來搞這些，就算是夾傷了一根手指，那麻煩可都大了。」

「不至於吧……」葉秋有些無語。

「還是小心些好。」陶軒態度很堅決，說什麼也不讓葉秋幫忙幹活。

「我來幫忙。」一旁的蘇沐橙看這邊僵持，立即主動請纓。

「哎喲，那更不行了，怎麼能讓小沐橙來幹活呢？」陶軒連忙又來攔這邊，這個女孩的身世他挺清楚，一直以來都對她照顧有加。讓這麼一個漂亮的小女孩幹這些髒活，他可捨不得。

「再說了，妳這雙手可也流淌著了不起的血統，也得好好愛惜才是啊！」陶軒感慨著，但是話說完後自己都是一愣，反應過來自己一時口快，似乎提起了不太適合提起的事情。

「呃……我去忙了，你們兩個去玩吧，晚上記得過來吃飯啊！」陶軒彷彿逃跑似的，鑽回了嘉世網咖。

蘇沐秋。

他不會忘記這個名字，那時和葉秋一起，在他的網咖裡沒日沒夜地玩著《榮耀》的另一個少年。

兩個人出色的技術很快吸引了陶軒的注意。那時他也在玩著《榮耀》，和這兩個超級高手組成公會後，那遊戲裡的日子真是要多風光有多風光。他建起的「嘉王朝」公會，真是強盛猶如王朝一般，多虧了這麼兩個大高手的坐鎮。

而後隨著《榮耀》所具備的對抗性，越來越多的比賽開始在圈子裡盛行。葉秋和蘇沐秋但凡參加的，無一不是橫掃。

終於，由《榮耀》遊戲方組織發起的《榮耀》職業聯盟這一商業品牌賽事，讓陶軒知道，真正的機會來了。他迅速組建起了嘉世戰隊報名，而這之前最重要的，當然依舊是拉葉秋和蘇沐秋入夥了。

兩個鍾愛遊戲，熱愛《榮耀》的少年很容易就被他說服了。陶軒和他們簽訂了職業選手的合約，結果就在那天後不久，蘇沐秋不幸遭遇了車禍，年輕的生命就這樣終結。

職業聯盟成立了，嘉世順利成爲了征戰聯賽的一員，所有人都在這裡看到了美好的前途和未來。

但是葉秋從第一天起，身邊就已經沒有了他最好、最強的搭檔。

雖然他依舊橫掃聯盟。

《榮耀》聯盟初紀元，屬於葉秋，屬於鬥神「一葉之秋」。

不過現在正在進行的第二賽季，新晉的百花戰隊最爲搶眼，雙核的概念逐漸開始深入人心。

雙核嗎？

每每觸及這個問題的時候，陶軒都會想到蘇沐秋。如果不是那場意外，他相信所有人早就會見識到什麼叫雙核。

眞可惜啊……

陶軒想著，望向窗外並肩離去的葉秋、蘇沐橙。他一直很小心地在他們面前不去提及這個問題，盡可能讓兩人不要感受到悲傷，畢竟兩人都還只是十幾歲的孩子。結果剛剛無心之下，還是有了一個惋惜蘇沐秋的感慨。

大概是最近被百花雙核刺激的，越發惋惜蘇沐秋的去世了吧？陶軒嘆息著，想著。

窗外。

「我們去哪？」蘇沐橙問葉秋。

「呃，過年嘛，要不要去買些煙火？」葉秋提議。

「還是不要了吧，萬一煙火傷到你的手呢？」蘇沐橙說。

「哪有那麼誇張。」葉秋不以爲然。

「還是小心些好哦！」蘇沐橙模仿著陶軒的口氣。

「哈哈。」葉秋笑著，一邊望向路邊，一個孩子在地上擺好了一枚花炮，但是笨拙打起的火苗卻一再被風吹滅，孩子顯得有些束手無策。

葉秋笑笑，從口袋裡掏出菸來，麻利地點起了一根，然後向小孩示意著。

「小孩不能抽菸。」小孩望著葉秋，眉頭擰得緊緊的，像是見了壞人。

「哈哈哈哈。」蘇沐橙笑得腰都直不起來了。

「給你點炮用的。」葉秋翻著白眼。

「哦……」小孩這才反應過來，跑過來接過，道了聲謝。

花炮很快被點燃。

可是因爲白天，噴出的煙火並不怎麼絢爛，看起來有些蒼白。

小孩依舊很高興，拍手叫好。

蘇沐橙望著蒼白的煙火。

「以前，我和哥哥買不起煙火，但是也想玩，他就不知從哪裡搞來很多亂七八糟的東西，說要自己做。」蘇沐橙說。

「他就是有這天分。」葉秋感慨道。

他們並沒有陶軒想的那麼脆弱，他們自己時常會主動提起蘇沐秋，因爲他們始終在很用心地思念著他。

「後來他眞做成了，不過……放出的煙火就和這差不多。晚上。」蘇沐橙說。

「他的技藝果然還是未到頂級，就像《榮耀》也始終要遜我一籌啊！」葉秋說。

「不如我們自己來做吧！」蘇沐橙忽然說。

「這個，比直接買來放危險多了吧！」葉秋嚇一跳。

「我們不做煙火，我們來做紙花。」蘇沐橙說。

「紙花？」葉秋疑惑。

蘇沐橙抬起手，比了個槍形，對準了葉秋的腦袋。

「砰！」蘇沐橙模擬開槍，「噴出的是紙花。」

「明白，出發！」葉秋懂了，兩人並肩離開。

夜幕降臨，萬家燈火，時不時有爆竹的聲音響過。

陶軒也沒有回家過年，而是把年夜飯就張羅在了網咖，他覺得這裡很合適，吃飽喝足了，還能和葉秋打兩把《榮耀》。

「我來用『一葉之秋』，讓他用個什麼呢？」陶軒在為葉秋挑選帳號卡。但是挑來挑去，終究還是放棄了。

「用什麼我也不可能贏啊……」陶軒鬱悶，他的《榮耀》水準，擱網遊裡都不能說是高手，和葉秋那簡直就沒有任何可比性。用葉秋比較不客氣的說法來講：打你，一隻手都是作弊。

「怎麼還沒回來？」眼見已經快七點，陶軒有些心焦，不住走到窗口向外望著。兩個人都沒有手機，讓他想聯繫都沒有辦法。

不會出什麼事了吧？

正擔憂著，房門終於被人敲響。

陶軒連忙跑去開門。

砰！

一聲悶響，好像槍一樣，伴隨著的是蘇沐橙的新年祝福：「新年快樂！」

「什麼情況？」陶軒望著眼前這個對著自己，黑洞洞的紙筒，被嚇到有點懵。

「聲音很成功，不過花嘛……」葉秋搖著頭，叼著菸進來了。

「你倆搞什麼名堂？」陶軒還在茫然中，不過聽兩人說明了一下後，完全沒有激起他什麼興趣。

到底還是孩子啊！他想著，他這種成年人可對做手工沒什麼興趣。

「來，吃飯吧！」陶軒招呼起來。去年的春節，他就是這樣陪兩人過的，今年也是一樣。

吃飯，閒聊，話題依然圍繞著《榮耀》。

「聯賽會有大前途的。」陶軒非常肯定地說著。

「希望如此吧！」葉秋說道。

「所以我們一定要跟上聯賽發展的腳步，爲此我想了一連串的計畫！」陶軒說著，起身抱來了一疊文件。

「這些都是專門針對你的！」當中的一部分隨即擺到了葉秋的面前。

葉秋拿起一份，隨意地翻看著。

「去年一年，從競技角度來說，我們無疑是最成功的，冠軍就是最好的證明。」陶軒說道，「但在其他很多方面，我們的發展就差強人意了。霸圖已經在談投資合作了，藍雨，還有那個微草戰隊，據說都有人看中想尋求合作，這賽季冒出來的百花戰隊，聽說都要接代言了。」

「我們可是冠軍隊啊！你是《榮耀》最強選手。來找我們尋求合作的也有很多，所以我想，我們必須抓住這些機會，你看和你有關的那些策劃包裝就可以了，其中……」

「陶哥。」葉秋開口，打斷了陶軒滔滔不絕的暢想。一疊文件，被他整個推回到了陶軒面前。

「這些我都無意，我只想打好《榮耀》。」葉秋說。

「這些……這些對你都是有幫助的啊！」陶軒茫然，他沒想到葉秋居然如此丁點餘地都不留地徹底回絕。

「不用了，我從上賽季到現在，始終都沒有公開亮相，就是不想參與這些場外活動。我只要在電腦後打好《榮耀》，就足夠了。」葉秋說著。

「你這……這又是爲什麼啊？」陶軒心裡已經亂成一團，如果沒有葉秋的支持，他的很多計畫根本沒辦法開展，葉秋可是他們嘉世戰隊的臺柱啊！

「也算是有一些苦衷吧……」葉秋說。

「沒有辦法解決？有什麼苦衷，說出來一起商量啊！」陶軒還不肯放棄。

「還是不用了，就我個人意願來說，也確實不想參與這些。」葉秋說道。

「好……好吧！我尊重你的意願，我再想其他辦法吧！」之前還眉飛色舞雄心壯志的陶軒，瞬間變得垂頭喪氣起來。

「抱歉了，陶哥。」葉秋說著。

「沒有事，如果你有什麼需要幫助的，儘管提。」陶軒的笑容有些勉強。

「好的。」葉秋卻絲毫沒有動搖自己的決定。

原本歡愉的氣氛頓時再也找不回來，陶軒有試著調節來著，但是誰也看得出他心不在焉。

漫長的等待，終於到了十二點鐘聲敲響的一刻。

「新年快樂！」

「新年快樂！」

互道了祝福後，這頓年夜飯就這樣散場了。

葉秋和蘇沐橙走在街上。

漫天都是煙火，到處都是轟鳴的爆竹聲。

「你不敢曝光，是怕你家裡把你抓回去嗎？」蘇沐橙問話都是用大聲喊的。

「有這個可能哦！」葉秋也只能大聲喊著回答。

「那現在這樣還是挺好的。」蘇沐橙繼續大聲喊。她從小就是和哥哥相依為命長大，眞正的家庭她從沒有體會過，她只是覺得有這樣一個人不受打擾地陪在身邊，那就是最好的。

「是啊！挺好的。」葉秋揉了揉蘇沐橙的頭。

「等我長大了，也來打《榮耀》？」蘇沐橙忽然喊道。

「好啊，也來嘉世戰隊。」葉秋喊。

「嗯。」蘇沐橙點點頭。那樣的話，就能一直在一起了，她想著。

◇

春節過去。各大戰隊的選手結束假期回歸戰隊，《榮耀》聯盟第二賽季的比賽繼續如火如荼地進行。備受關注的百花戰隊，終於迎來最能驗證他們實力的考驗。

嘉世！

上賽季的冠軍，聯盟目前的最強者，雖然這個賽季被百花壓了一頭，但實際兩隊在積分榜上差距不過兩分，一場直接對話，就有可能改變他們的排名，而這一天，終於來了。

葉秋！

百花備戰室裡，孫哲平深深地吸了一口氣。就在半年前的夏天，他還坐在網咖裡一遍又一遍地欣賞著葉秋獲勝的場景，想不到半年之後，自己居然就有了和他直接一較高下的機會。

這半年，眞是宛如夢幻啊！結識到了這麼一位強而有力的夥伴，兩人的配合如魚得水，所向披靡。現在終於遇到了，葉秋。

外界現在幾乎一邊倒地看好他們百花，什麼一加一肯定大於二之說，讓孫哲平覺得十分不屑。那些傢伙，就和他當初混網咖見過的很多人一樣，什麼也不懂。他們根本就不清楚葉秋有多可怕，也根本不知道葉秋可從來都不是一。

吳雪峰！「氣沖雲水」！

在鬥神光環下，多少人都忽略了的選手和角色，他在葉秋身邊起著多大的作用，那些個傢伙又怎麼會知道。

「吳雪峰，要注意他的『氣沖雲水』！」孫哲平對張佳樂說著，終於等到了這一天，他一定不會犯很多人都犯下的大錯誤：忽視吳雪峰。

「明白。」張佳樂點頭，嘉世、葉秋，一直都被他們鎖爲勁敵，做過研究。張佳樂完全認同孫哲平的判斷，吳雪峰是必須要注意的存在。不過除此以外，他也有他十分在意的問題。

「你說，這個葉秋到底長什麼樣啊？」張佳樂說道。

「今天之後，你終於不用遇到對手就問這個問題了。」孫哲平感觸良多。由於還沒有和嘉世正面交鋒，所以初入聯盟的二人至今還是不知道從不曝光的葉秋什麼模樣。但是聯盟中不少上賽季的隊伍，他們可都見過葉秋。百花這一路比賽下來，張佳樂也就這麼問了個遍，說實話，孫哲平覺得有點羞恥。

「準備出場！」這時有人推開百花備戰室的門喊道。

「我們上！」孫哲平起身，期待已久的對決終於要來了。而張佳樂這時已經一個箭步搶先衝了出去。一眼看到對面主隊備戰室的房門也已經打開，嘉世隊員依序走出，正往賽場走去。

「葉秋！」張佳樂喊著，快步向隊首追去。

「我們的隊長一般都會提前一些上場。」嘉世隊伍中有一人開口說道。

張佳樂扭頭，看到了吳雪峰。

這個在孫哲平眼中異常重要的嘉世第二號人物，很隨意地走在隊伍中間，沒有太靠前，也沒有太靠後。

出場次序在一定程度上也會顯示出一位選手在隊中的地位，但是吳雪峰卻好像並不在意這一點。

「比賽場見。」他甚至沒有停下腳步，笑著對張佳樂又說了一句後，就從張佳樂身邊擦過，和隊友們一起向賽場走出。

「見到葉秋了？」孫哲平這時才和其他百花隊友一起從備戰室走出。

「沒有，他提前上場了。」張佳樂說。

「就是不想被關注到啊！」孫哲平感慨。

「不過我見到吳雪峰了，還和我說了話。」張佳樂說。

「哦？看起來是個怎樣的人？」孫哲平忙問，吳雪峰雖然從電視上早看過真人，但是此番也才是他們第一次有機會真人接觸。

「呃……就是……一個人而已。」張佳樂的回答簡直有些不像話。但是他真的不知道該怎麼描述吳雪峰。吳雪峰沒有給他很強烈的感覺，只是擦肩而過的時候和他說了兩句話，一切都發生得那麼順理成章，感覺不到什麼特意，也就感覺不到什麼個性。

「那就用比賽去瞭解吧！」孫哲平說著。

百花戰隊出場，不過同時登上賽臺的，可不止百花和嘉世兩隊。

藍雨、微草、呼嘯等等，一共有八支隊伍的選手分別從四個選手通道走上了賽臺，本輪聯賽的四場對決，將在這裡同時開打。

不過當中備受關注的還是嘉世和百花的這一輪對決，甚至很多參賽戰隊的人員目光緊盯的都是嘉世和百花比賽的電子大螢幕。誰都想知道葉秋能不能挫挫這對新人組合的銳氣。

可是誰都沒想到，大家期待已久的對決，竟然到了團隊賽才開始發生碰撞。

孫哲平和張佳樂全都跑去擂臺賽打擂臺了，結果葉秋和吳雪峰卻全都是在個人賽中出場，個人賽事雙方就這樣擦肩而過。最終嘉世個人賽三戰全勝，取下了三分；百花戰隊則拿下了擂臺，收穫兩分。

大家所期待的核心對決，接下來才要開始。團隊賽，葉秋、孫哲平、張佳樂終於齊聚陣上。至於吳雪峰，很多人眼中的他可不是核心級的人物，只有孫哲平和張佳樂特別在意他。

盼望已久的對決，有關這一場廝殺，孫哲平和張佳樂私下裡就不知聊過多少次了。他們在聯賽所向披靡，但是在未戰勝葉秋之前，他們始終沒有絲毫的驕傲和懈怠。這一天，終於來了。

『上！』

『上！』

兩人在頻道裡發著訊息，「落花狼藉」「百花繚亂」，兩個角色衝出。百花其他人的角色緊隨其後。

嘉世戰隊卻不如他們這麼急切集中，五人的角色從一開始就分散。備受期待的「一葉之秋」，竟然沒有直衝中路，而是選擇從側翼迂迴。

「搞什麼！」黃少天對此十分不滿。他隨藍雨戰隊一起也來到現場，不過還不是正式選手的他也只能留在觀眾席上觀戰，更多的關注，卻也是留給了這場嘉世對百花的比賽。

「這是戰術。」黃少天身邊，喻文州捧著一個硬皮本，正往上寫著什麼，字跡十分工整。

「不要說得好像你很懂似的。」黃少天對他嗤之以鼻。

喻文州不和他爭辯，只是盯著比賽。雙方明明還沒有發生接觸，但他看得卻好像更認真了。

「『一葉之秋』這是在躲什麼，還說是鬥神？」黃少天在一旁抱怨個不停。

兩隊的角色這時終於發生了遭遇。

「一葉之秋」呢？「氣沖雲水」呢？

不只孫哲平和張佳樂，百花全隊都在快速搜索這兩個角色的身影。孫哲平對這對手的重視，對吳雪峰和他「氣沖雲水」的強調，當然不是只對張佳樂一個人說，而是對全隊說。

「氣沖雲水」就在對面陣中，和嘉世的元素法師和魔劍士一起，身後站著牧師，唯獨「一葉之秋」不見蹤影。

「上上上！」場外的黃少天高喊著，「一葉之秋」不在？活該！就讓嘉世這樣被百花打爛吧！他這樣想著。

「上！」百花果然也沒太猶豫，立即發動攻勢。孫哲平的「落花狼藉」當仁不讓地衝在最前。

槍聲炮火落下，戰鬥打響，大片光影掩護著「落花狼藉」的身形。魔道學者、流氓，百花的另兩個戰鬥職業緊隨，牧師保持距離在後。

嘉世連忙攻擊阻擋百花的衝勢。魔劍士的波動劍率先掃出，「氣沖雲水」和元素法師在他身後，吟唱、攻擊，節奏卻都不一致……

嘉世擋不住，角色不住地後退。

「上啊！」黃少天興沖沖地吶喊著，他很喜歡這種銳不可當的衝勁。

但他身旁的喻文州卻眉頭緊鎖，看起來面有憂色。他不住翻看著自己之前寫下的內容，計算思考著什麼。他想知道目前「一葉之秋」的位置，可是大螢幕上卻始終沒有給出。

「打垮他們！」黃少天的聲音幾乎就沒停過，畫面也終於在嘉世節節後退的情況下，顯示了一下「一葉之秋」在幹什麼。

「一葉之秋」……居然什麼也沒有幹，只是停留在一個位置上。

「這白癡在做什麼？」看到這一幕黃少天脫口而出。但是喻文州更注意的是「一葉之秋」目前的座標。

（56，73）。

座標被他飛快摘抄下來，彷彿是得到了解題所需要的最後一個公式，一切疑難終於在此時全部解開。

喻文州敲打了幾下硬皮本，合上。

接下來，就該是看比賽要驗證自己的推測了。

一旁的黃少天一直叫嚷著觀看比賽，表現得極其興奮，但是眼角的餘光也一直留意著喻文州的舉動。

這傢伙發現了什麼？

看到喻文州合上硬皮本一臉期待地望向比賽，黃少天心下這樣想著。

而此時，百花戰隊終於徹底衝破了嘉世的火力封堵，「落花狼藉」揮舞手中重劍，一記地裂斬直轟嘉世陣中。

『葉秋，出來！』張佳樂終於按捺不住，在公共頻道裡叫道。

『來了。』居然有人回答，「一葉之秋」，就在此時自斜刺裡殺出，「百花繚亂」投下的光影還在，但他毫不畏懼地投身其中。一轉眼，他就已在「落花狼藉」的身後。

孫哲平怎麼也沒想到，他和葉秋，「落花狼藉」和「一葉之秋」，第一次在對決中相遇，會是這樣背對著，沒去針鋒相對，反倒背道而馳。

他想轉身，可是他先前的攻擊卻不能停，孫哲平忽然發現，他處在了一個兩難的境地。

幻影龍牙！

「一葉之秋」卻已經出手了，一出手就是五十級的大招。在絢爛的炮火光影中，一道又一道的烏黑彷彿毒蛇般一次緊接一次地竄出。

戰矛卻邪！

用《榮耀》裝備編輯器製作的，屬性超越橙裝的銀裝，整個《榮耀》到現在都還沒幾件，葉秋和他的「一葉之秋」，卻在上賽季一開始就揮舞著這麼一杆銀武戰矛。

百花的衝擊陣型瞬間撕裂，「落花狼藉」身後跟上突破的流氓連退了數步躲避攻擊，魔道學者試圖空中變向繞過，卻被「一葉之秋」硬生生從空中捅了下來。

二人受阻，「落花狼藉」的地裂斬頓時顯得孤立無援。節節後退的「氣沖雲水」三人立即開始了反撲。地裂波動劍捲過，「落花狼藉」被掃倒，沒等受身站起，已被「氣沖雲水」的地雷震擊中，跟著一道雷電貫穿直刺他的胸膛。「一葉之秋」也急轉身形，對著他的後背就是一串連擊。

銀武卻邪的強大殺傷，背擊的傷害加成，其他三人的又一波攻擊，同時還有牧師籠罩下來的聖誡之光……

孫哲平幻想過無數次和葉秋交手的情景，但是沒有一次想到這樣的情形。他甚至沒來得及去正面看清「一葉之秋」，竟然就已經倒下，最後留在他眼中的那一抹色彩，僅僅是各種屬性的魔法炫紋在他身上炸開的魔法光影。

死了？

孫哲平簡直不敢相信，這就是他和葉秋的第一次交鋒，自己竟然這麼脆弱就死掉了。

全場也是目瞪口呆。

看好百花的人本就很多，誰也沒想到「落花狼藉」這麼痛快地就被解決了，幾秒前，似乎還是百花衝破了嘉世的攻擊要大開殺戒了，結果「一葉之秋」一投入戰鬥，形勢就發生了翻天覆地的變化。

「這是搞什麼呢？」黃少天嘟囔著，心理落差已經完全寫在臉上了。

「這是戰術。」喻文州還是這個回答。雖然他臉上也有驚訝，他也想到了嘉世會出現這樣破局的變化，但是他沒想到嘉世竟然可以在這破局中一波攻擊就把百花打死……

這是戰術，可是能將這個戰術發揮出如此效果，則完全超出了他的預期。

喻文州又翻開了他的硬皮本，這一次黃少天看了過來，準備看看這傢伙到底是在記些什麼。

喻文州卻提筆遲疑了好一會兒，最後寫在本上的，僅僅是兩個名字。

葉秋──「一葉之秋」。

這算什麼？黃少天剛要問，身後卻傳來一個聲音。

「你認為只有他可以做到這種程度？」有人在他們身後說道。

兩人回頭，看到的是一個比他們略大的少年，因為座位稍高，讓他可以輕鬆看到喻文州寫在硬皮本上的內容。此時他正打量著轉過身的喻文州，但是他的雙眼卻有些奇怪。兩個眼睛並不對稱，左眼比起右眼似乎要大上一些。

「你是誰？」黃少天立即問道。

「微草，王杰希。」對方回答。

黃少天笑。微草戰隊的陣容中可沒有這麼一個名字，這個小子以微草自居，頂多和他們一樣是訓練營的學員。說話這口氣，可真是有點大言不慚。

「你……」

「你好，藍雨，喻文州。」

黃少天正準備出言譏諷幾句，卻想不到喻文州已經向對方伸出了右手。前後兩排的少年，相互握了握手。

「你不認爲這種程度，很大原因是因爲葉秋的個人水準和『一葉之秋』的角色強力？」喻文州隨即問道。

「當然是因爲如此。」王杰希說道。

「那你臭屁什麼啊！」黃少天叫道。王杰希剛才的口氣，就好像那種程度不只葉秋能做到，而另外能做到的就是他似的。

「因爲我對戰鬥法師並不很精通。」王杰希說。

「哦？那你的職業是？」喻文州問道。

「魔道學者。」王杰希說。

魔道學者……聽到王杰希的《榮耀》職業，喻文州和黃少天忍不住互望了一眼。這個少年他們沒有聽說過，但是微草戰隊的當家角色，魔道學者「王不留行」可也是赫赫有名的強力角色。在這樣的戰隊中，選擇當家角色的職業，那通常都會有很深的意味啊！

「魔道學者的話……」喻文州回身望向臺上，此時的場上，百花戰隊中不也正好有一位魔道學者？只是剛剛被「一葉之秋」直接從半空中戳回地面，而後在嘉世的全力反撲中也盡顯狼狽。

「如果我是他的話。」王杰希說著，向喻文州示意著，讓他把他的硬皮本拿過來。

「搶（58，70）這個點，然後從這裡，切入！」王杰希用手指在喻文州那勾勾畫畫的本上比劃著。

「什麼啊？」黃少天看不太明白喻文州的筆記，也沒領會王杰希的比劃。但是喻文州的神情卻很認真，「這個位置切入？這裡？」他戳著本子再一次確認著。

「對！」王杰希點頭。

「這……怎麼可能？」喻文州說道，他可不是會隨便開口質疑別人的人，連他都開口說出這種話，可見王杰希的這一念頭有多麼的天馬行空、匪夷所思。

「然後呢！」但他還是想聽一聽王杰希的想法。

「驅散粉，寒冰粉，掃把旋風。」王杰希只是說了三個技能的名字。

驅散粉降低對手速度。

寒冰粉賦予武器冰屬性。

掃把旋風破局。

三個技能的用途喻文州都意識到了，可是，怎麼在這種處境下施展？王杰希之前所說的搶位、切入，分明是把自己塞到了「落花狼藉」和「一葉之秋」背對背之間，這狹小的空間，怎麼搶出這三個技能？

「吹牛！」黃少天這時看明白了，立即毫不留情地對王杰希表示出不屑。

「下個賽季，你會看到的。」王杰希沒有更進一步去解釋，因爲這當中有太多細微之處已經不是用言語可以描述得清的。

「哼。」黃少天依舊表示不屑，「強制取消地裂斬，空轉身銀光落刃，『一葉之秋』的截殺也不是不能阻止。」

「有這樣的機會嗎？」王杰希笑。理論和現實，往往是存在差距的。

「當然！」黃少天說得異常肯定，看起來實在不像是虛張聲勢。

現場重播的電子螢幕，恰巧在放「一葉之秋」這一次精彩的突殺。

「就是現在！」黃少天忽然叫道，但是畫面已經一閃而過。

喻文州和王杰希對望了一眼，好在重播不止一次，他們已經知道應注意的點在哪裡，又一次慢放時，一切看得更加清楚。

王杰希看向黃少天的眼神頓時也不一樣了，這個看起來有些聒噪的傢伙，原來並不止是話多，竟然有發現他都沒有察覺到的東西。

這是一個機會嗎？

理論上來說，是的，在這個時節，完成黃少天剛才所說的操作，確實大有機會破壞「一葉之秋」的突殺。

「你叫什麼？」王杰希問道。

「黃少天。」黃少天昂起頭。

「是有這個機會。」王杰希承認，「但是，能把握到嗎？」

看到機會，是一回事，能不能把握住機會，那更是考驗。

「下個賽季，你會知道的。」黃少天用了同樣的回答。

「那麼，下個賽季，場上見？」王杰希說著。

「場上見！」黃少天說。

「你呢？」王杰希望向喻文州。

黃少天忽然有點難過。王杰希顯然並不知道喻文州在手速方面的缺陷，如果他知道的話，還會對喻文州有這樣的期待嗎？

喻文州卻依然很平靜。

「你們兩個，是不是忘了一件事？」他說著。

這一次，輪到黃少天和王杰希疑惑對望了。

「什麼？」兩人一起問道。

「葉秋不是死人，嘉世也不是只有一個葉秋，你們確定，你們的應對可以就此壓制住葉秋，破開這個局面嗎？」喻文州說道。

兩個人忽然都不說話了。

他們的應對是可以破開局面，但是前提，是他們的應對讓葉秋束手無策。

可以嗎？

兩人不再像之前那麼有信心了。

「所以，我覺得我還沒有準備好。」喻文州說著，合上了他的硬皮本。場上，強勢反撲的嘉世，頃刻已將百花戰隊擊潰，衝在最前的，就是聯盟上個賽季的王者，鬥神，「一葉之秋」。

百花慘敗。

引人注目的「繁花血景」，在風光無限了半個賽季後，終於遭遇了滑鐵盧。擊潰他們的，是葉秋，是嘉世。

充滿期待和鬥志走上場的百花選手，再走在選手通道時，都有些垂頭喪氣。

誰都沒有說話，孫哲平沒有，張佳樂也沒有。

他們沉默著返回備戰室，剛走到門口，對面備戰室的房門打開，走出了一個人，一個他們之前和嘉世戰隊一起出場，卻沒有見過的人。

「葉秋！」孫哲平立即脫口喊出。

「啊？」那人應了一聲，看著百花戰隊的諸位。

這就是他們一直期待見到的葉秋。可是現在，他們是敗者，先前的期待和鬥志都被這場敗局給擊潰，而擊敗他們的葉秋偏偏在這時候出現在了他們面前，讓他們很尷尬。

但是即便如此，孫哲平也沒有低頭——他在任何時刻都不會低頭。葉秋果然很強，比他從旁觀角度所看到的要強得多，這只會讓他更加努力地鞭策自己。

「下次我們一定要贏！」孫哲平說。

「沒那麼容易。」葉秋笑。

「一定會的！」張佳樂走出來，支持著他的搭檔。

「別那麼激動。」葉秋還是笑著，一直摸著口袋的手這時總算掏出，手裡拿著半包菸。

「抽不抽菸？」他向衝著他火藥味十足、針鋒相對的兩位問著。

「呃？不會……」正在堅定決心的兩人都沒想到突然遇到這樣的問題，有點反應不及。

「通道裡不許抽菸啊！」有個聲音不知是從哪裡傳來的，響亮、嫻熟，似乎早有準備似的。

「我去抽菸。」葉秋朝著百花的諸位揮了揮手，向通道外走了。

百花的諸位都愣在當地。這就是聯盟最強的選手，剛剛擊潰了他們的傢伙。但是從他身上卻沒看見多少勝利者的驕傲，可同時，對於他們立言下次要獲勝的挑釁，也沒有多少謙虛和客氣。

沒那麼容易。

他是這樣答覆的。

這話，好耿直，好真實。

確實，沒那麼容易啊！從一開始他們就知道，而現在，更知道。

雙核時代。

有關這個話題的討論在這一場比賽後頓時變得沒那麼熱烈了。雖然百花戰隊並沒有因此一蹶不振，但是這個時代的王者，到底還是葉秋，還是嘉世戰隊。

誰能阻擋「繁花血景」的勝利？「一葉之秋」嗎？

大家現在發現，這個命題，他們把主次給搞反了。這還是鬥神的時代，「繁花血景」想當主角，那得等他們戰勝了鬥神再說。

世界只能有一個王。

冠軍，也只可能有一個。

只有冠軍，才是主角。

在此之前，所有人，所有戰隊都只是拚搶這一名額的一員，嘉世如是，百花如是，其他戰隊紛紛如是。

◇

藍雨戰隊。

最近所有人都突然發現，黃少天有些不一樣了。雖然話還是很多，但是在打《榮耀》的時候卻多了些許沉穩，那種來源於網遊的，讓魏琛一直覺得有些頭痛的隨性似乎正在悄然收斂著。就好像一個人忽然找到了目標，那麼他的所作所為都變得異常清晰明確。

黃少天最近的打法，就在發生著這樣的變化。

這一切，魏琛全都看在眼裡。

「你覺得怎麼樣？」連續觀察了很多天後，魏琛肯定了這種態度和氣質的轉變並不是偶然後，終於決定提出來和人討論一下。

默默注意著這些變化的人並不止魏琛一個。

方世鏡，藍雨的自由人選手。所謂自由人的意思，就是什麼職業都會玩，這樣的選手，想做什麼事前的針對部署顯然是不可能的，每場選用的職業角色不同，打法就不同，根本沒法早做安排。

聯盟超過半數的戰隊都有一個自由人，他們的身分讓人感覺十分酷炫。但是經過了快兩個賽季後，大家漸漸都感到自由人的酷炫實在沒法很好地反映到比賽中。這是一種很有趣，但事實上並不實用的安排。本賽季迄今為止，已有四位自由人選手將自己固定在了某個職業上，餘下的，也大幅度縮小了自己的職業選擇範圍。而藍雨的方世鏡，他的轉變更加實用，他成了藍雨隊的黃金替補。因為所有職業都會，所以當主力陣容中誰的狀態不佳，又或者是需要一些變化時，方世鏡就會披掛上陣了。

一開始對這樣的安排，魏琛還覺得有些對不起方世鏡。他們是從網遊裡就在一起的老朋友了，一起組藍雨戰隊，一起打過很多比賽，再到組建聯盟，有老闆看好收編他們組建藍雨俱樂部，再到第一賽季，他們一直並肩作戰。魏琛覺得沒有給好兄弟找到一個好位置，居然讓他當替補，太委屈他了。

但是方世鏡對此不以爲然。

自由人是一種錯誤的安排，他比任何人認識得都要清晰。而要改變這種錯誤，但又不浪費他們這些自由人選手的特長，轉當替補最爲合適。用少量的人員，讓隊伍更加堅固也更加富有變化，是對戰隊最好的選擇。

不過藍雨戰隊這賽季並沒有因爲一個自由人的轉變而變得更有起色，相比起上個賽季，他們甚至還有些退步。

畢竟，他不是這支隊伍的主角，而最能影響到這支隊伍的那個人現在是什麼狀況，方世鏡也很清楚。

清楚，卻又無奈。

因爲歲月的吞噬是任何人都無法逃脫的，所以他們只能寄希望於新一代來完成他們未能完成的。

黃少天，魏琛一直在期待著，注視著。方世鏡同樣也是，最近黃少天的變化，他也看到。而他作爲一個全能自由人，對於黃少天的劍客職業也比一般人有更深的體會和見解，所以魏琛也更看重他的看法。

「他的天賦，他的才能，現在才眞正融入到職業對決中。」方世鏡說著。

「記得我們最初和他在網遊中打交道那會兒嗎？」

「我們人多勢眾，個人實力也未見得就不如他，但是我們卻還是總被他鑽到空子。」

「他天生就有那種洞察力，可以把握到那些可以修改場面的機會。以小博大的場面，最容易激發他這種敏銳的嗅覺。」

「但是訓練營的環境，一對一的常規練習，對他來說都太安逸了。」

「他最近一定是看到了什麼超高水準的場面，被打動了，所以才會開始努力鑽研。」

「他需要的就是這種環境和氛圍，我們要為他營造。」

「為什麼早沒有察覺到呢？」魏琛頗有些遺憾地說著。

「他能自己主動意識到，去尋求進步，總比我們逼迫他成長要好，那樣說不定會適得其反。」方世鏡說。

「那麼就從現在開始吧！」魏琛說道。

「好的。我來為他制訂一個訓練計畫。」方世鏡說道。

「希望還能趕得上。」魏琛嘀咕著。

「你說什麼？」方世鏡沒聽清魏琛這句話。

「沒什麼。」魏琛說著，「那麼在你做出計畫前，就由我先陪他練練吧！讓他感受一下壓迫，哈哈哈哈。」

「看劍！我去！」黃少天怒吼著放出大招，但最終被對方控制得死死的「夜雨聲煩」終究還是沒有搶到他眼見的那個空檔，倒下了。

「哈哈哈哈，小子，還嫩了點！」魏琛大笑著，掏出香菸來點上，但是他的心中可一點兒也不像他的笑容這麼志得意滿。

剛剛，最後，「夜雨聲煩」的劍鋒所指，著實讓他一陣心慌。「夜雨聲煩」長劍的光芒，彷彿破開了螢幕，刺向了他的胸膛。

他知道那一瞬間他所面臨的危機，他也想要去做出一些應對，但是，來不及，無論是反應，還是操作，他都慢了，那一瞬間魏琛心中所感受到的絕望和無力，讓他有毀滅世界的衝動。

但是最終，還是他贏了。因爲黃少天自己出了問題，他看到了機會，但是出手的時機和準度，卻都有點偏差，劍光最終只是從那空檔閃過，讓魏琛虛驚了一場。

「哈哈哈哈！」魏琛還在笑著，用笑聲掩飾他的心緒。

一隻手按在了魏琛的肩頭，他回頭望去，看到的是方世鏡那難掩興奮雀躍的面孔。他用異常激動的眼神向魏琛示意著，那意思魏琛明白，方世鏡是在說：「看到了嗎？那一劍！」

魏琛看到了，不只看到了，還感受到了。

那一劍徹底展示出了黃少天的才華和特點，有朝一日，一定會在《榮耀》賽場上發光出彩。

但是除此之外，魏琛還看了一些東西，一些方世鏡興奮於黃少天的表現，而沒有注意到的情景。

他還看到自己，自己，眞的已經沒有再去角逐《榮耀》最巓峰的能力了……

「別得意，贏的應該是我！再來！」黃少天叫著，這是他輸掉的第三局，也是他最接近勝利的一局。他很清楚，那一劍如果出得再快一點點，再準一點點，此時倒下的，可就是對面那個老傢伙了。

「再來？呵呵，我的時間可不能全浪費在你身上，還有其他人，我要一一考察。」魏琛說著。

眾人譁然，今天的隊長，居然這麼有耐心，要和他們所有人一一打過？所有人都興奮了，他們可不像黃少天那樣對魏琛沒大沒小，在他們眼中，魏琛和他的「索克薩爾」可是神一樣的存在。

「我來我來！」少年們爭先恐後，黃少天愣在一邊，也不好再去爭了。他知道對於所有人來說都是很難得到這樣的機會了。

魏琛就這樣，樂呵呵的，抽著菸，和這些訓練營的少年一一打過，有的一局，有的兩局，他不停地勝利著，讓每個敗下去的少年讚嘆著他的厲害。他不是要用這樣的方式換取自信，更不是要讓少年們的讚嘆麻醉自己，他只是想更多地、更清晰地感受這支隊伍的氛圍，他已經意識到，自己離開的時候就快要到了。
最後一位少年坐到了魏琛的對面。
魏琛抬頭看了一眼，這最後一位，也一直是訓練營考核成績的最後一位。沒有人覺得他會有什麼前途，但是至少，他還是藍雨戰隊的一員，自己沒有理由拒絕。
如此想著，魏琛確認了比賽開始。
「術士？」
魏琛看到了對方的帳號職業，有點意外。他並沒有太多地關注喻文州，在依稀的印象裡，他以前用過的職業好像不是術士吧？不過眼下也顧不上去瞭解太多，魏琛操作著自己的術士上前，因爲是和少年們交手，他並沒有用他的「索克薩爾」，那太欺負大家。
雙方很快在地圖正中相遇，魏琛沒有遲疑，攻擊！
但是對方卻已經先一步躲到一側巨石背後。魏琛讓自己的術士快步上前，就在邁步要搶出視角的那一刻，忽有光柱升起，頓時將他的術士鎖在了當中。
「六星光牢」？
預判攻擊？
不，準確地說，是伏擊。如果不是藏在石後讓魏琛看不到他的動作，預判攻擊也不至於讓魏琛在角色移動中就撞個正著。
但是同樣的，角色藏在巨石背後的喻文州也看不到魏琛的術士，這是準確猜出了魏琛的舉動，並算清了魏琛術士移動到這位置所需要的時間，才做出的精確攻擊。

魏琛本人就是術士，一個精於計算的術士意味著什麼，他再清楚不過。

這種術士，一次控制，就意味著一次毀滅。

不過，這個小子，能做到嗎？

做到了！

魏琛的術士倒下的那一刻，所有人都目瞪口呆。喻文州接下來的控制和攻擊把握得十分出色，他那遲鈍的手速完全掩蓋在了這完美的節奏下，讓他一直把優勢保持到了最後。

贏了？

連黃少天都沒有做到的事，這個小子做到了？

隊長是太累了吧？

所有人都在如此想著，雖然知道魏琛和他們打並不會吃力，但畢竟打了這麼多局，戰鬥再輕鬆，累計的數量也足夠讓人感到疲倦了。

方世鏡的手又一次按到了魏琛的肩上，這一次，他的眼中再次出現異樣的神采，不同於看到黃少天表現時的那種興奮，這次，更多的是意外而來的驚喜。

魏琛這次沒有回頭看他，他掐滅了一直抽著的香菸。

「不錯，再打一局看看。」魏琛說著。

又一局開始，一樣的地圖，一樣的位置遭遇，魏琛再次發起一樣的搶攻，喻文州的術士也再次閃到了那塊巨石後方。

和上次完全一樣？

所有人疑惑著，而這一次，方世鏡走到了喻文州的背後去觀看。

似乎……是一樣？

方世鏡看著喻文州術士的站位，看著喻文州左手在鍵盤上的提前擺位，確實是又在等魏琛上次一樣的出現。

魏琛會用一樣的方式出現。瞭解老朋友的方世鏡猜得到這一點。因爲上次確實太意外，所以這次他會用一樣的方式來搞搞清楚，當然，也有一丁點不服氣的成分。只不過，這一次的魏琛，會用同樣的方式出現，但是同時，他也知道喻文州會用什麼樣的方式攻擊，心中肯定早已有了應對的方法了吧？這個喻文州，如果以爲用一樣的手法能同樣奏效兩次，未免會把職業選手想得太簡單。

來了！

螢幕上，在喻文州的視角中，魏琛的術士衝出，而這一次他預判了喻文州術士的所在位置，預判了喻文州的手段，所以他衝出的術士有一個精巧的變向。術士這職業的所有訊息他都太瞭解了，這個變向，足夠他剛好閃過對手的「六星光牢」。

但是這一次，沒有「六星光牢」，天空中，「混亂之雨」落下。

魏琛術士的操作陷入了不規則，任何天賦和經驗也沒辦法在這種不規則和隨機混亂中控制好角色。喻文州這邊不緊不慢的攻擊又發起了。攻擊、控制，交替進行著的完美節奏，最終，魏琛的術士倒下。

房間裡一片靜悄悄。

兩局，魏琛竟然輸給了喻文州兩局。

第一次可說是意外，第二次，魏琛自信滿滿地複製著第一局的局面，做好了準備，居然還是輸掉？

絕大多數人都轉到喻文州身後去了，他們都想看看喻文州是怎麼做到的，只是，不知道還會不會有第三次。

大家都在偷偷看著魏琛的神色，只有方世鏡是赤裸裸的，目光中甚至有幾分嘲弄。

喻文州沒有把他們想簡單，沒有以為一樣的手法可以奏效兩次。是魏琛把喻文州想得太簡單了，居然以為自己針對對方的前次打法就可以，居然以為喻文州不會做出別的調整。

看到老友嘲笑的目光，魏琛很無奈。他不得不承認，剛剛這一局他有一些輸了第一局後的小彆扭，他有一些小瞧了喻文州。這孩子，雖然有很大的缺陷，但是一直都在很用心地學習提高，自己應該對他的努力給予必要的尊重。

「打得很好。再試一局，這次再不讓了哦！」魏琛說著。

「好的。」喻文州的答覆很簡單。

第三局開始，這一次，魏琛再沒有之前那些亂七八糟的情緒，很認眞地，把喻文州當做對手去看待。

遭遇，交鋒，閃避，退讓……

兩個術士展開了周旋，魏琛積極主動，一路搶攻；喻文州從最開始就被壓制，但還是努力支撐著，化解魏琛的每一次攻擊，讓自己生存下去。

果然還是隊長厲害。所有人都在想著，但是……喻文州，也不是那麼弱啊！雖然被隊長壓制住，但一直應對得都很漂亮。

所有人都對喻文州刮目相看，但是所有人的改觀，都沒有方世鏡那麼強烈。

這一次全面的正面對決，讓他更加清楚地見識到了喻文州的能力。

他的手速不行，這一點依然沒有改變，所以他從來沒有企圖仰仗過這一點。他所依靠的，是對地圖的精準把握，是對魏琛術士各方面能力的精準判斷，還有，就是對自己這個術士角色的深刻理解。

喻文州是最後一個和魏琛交手的。在此之前魏琛打了很多局，爲示公平，沒有換過地圖也沒有換過角色，於是默默看著最後的喻文州，就在這些對決中完成了對地圖和魏琛角色的掌握，如今很好地利用著。

他沒有手速，但是卻能最大化地利用對自己有利的一切條件。他處於下風，卻沒有輕易放棄，不斷地周旋，等待著可能的機會。

如果這不是兩人對決的第三局，方世鏡這時候會給魏琛一點暗示，他會希望魏琛在這裡稍稍放一放水，不要讓這個少年艱辛的努力白費，讓他對自己多一些期待和自信。

但是，魏琛之前已經連敗兩局了，再失一局，而且是放話「再不讓了」的一局，這讓魏琛顏面何存？

方世鏡嘆息著，終究還是不忍讓老友如此顏面掃地，只是希望這個少年，不要被挫折擊倒，能繼續堅持努力下去。

嘩！

暗紫色的光芒閃耀著，魏琛的術士再次抓住機會猛攻，而這一次，喻文州的術士已被逼入絕境，沒有退路，也沒有可做閃讓的掩護。

結束了……

方世鏡心下想著，心底暗暗又嘆了一口氣。

而喻文州卻還沒有放棄，在失去空間的位置，不斷掙扎著，甚至還搶出了一個技能。

有這樣的精神眞是極好的，堅持下去！方世鏡暗暗爲喻文州打氣，而後，也看了眼他的術士打出的技能。

衰竭？降低目標攻擊力，以此來拖延爭取更多的時間嗎？

喻文州不懈地努力著，眞讓方世鏡有拔了電腦插頭，就讓這場對決無疾而終的衝動，結果就在這時，魏琛術士的攻擊突然一頓，「六星光牢」的光柱，就在此時升起在了他的身邊。

中招！

魏琛的術士被「六星光牢」鎖住，然後喻文州那生命所剩無幾的術士，又開始他那完美精確的攻擊節奏，只是這一次，因爲自身生命不多，有了不少自我保護的調整。

但是這一切都沒有影響到他對場面的控制，在所有人的目瞪口呆中，魏琛的術士倒下，第三次。

怎麼回事？

方世鏡都有些茫然，他飛快地回憶著開始逆轉的前後，最終留意到了魏琛攻勢的那一頓，想起魏琛那時攻擊的手段，這麼一頓的話……

衰竭！

是因爲那個衰竭！

那個衰竭，延長了戰鬥，而魏琛一直以來的攻擊節奏，因爲這延長而被打亂。戰鬥超出魏琛的預期，這就導致了魏琛接下來想要銜接攻勢的技能，還在冷卻中！

沒錯，是這樣。方世鏡在腦海中覆盤了魏琛那時的攻勢，很快肯定了這一點。所以說，喻文州所做的一切，不是無奈地掙扎，不是苦苦地等候，而是在引導，他是在謀劃將魏琛引入了那個局，拖入了那個節奏，在他正要順暢收尾的時候，用一個衰竭，破壞了魏琛的節奏，製造出了反敗爲勝的最佳時機。

刻苦、努力、堅持？這都不是喻文州身上最可怕的，最可怕的，是他的頭腦、他的計算，想不到這個因爲缺陷一直被人看輕的少年，居然是這樣的了不起。魏琛，你看到了嗎？

方世鏡望向對面的魏琛，魏琛的神情看不出喜怒。在發了一會兒呆後，魏琛長出了一口氣，站起身來，仔細看著喻文州。

「謝謝前輩指教。」喻文州站起來說著，連勝魏琛三場，別說是訓練營，就是整個藍雨戰隊，整個《榮耀》，能做到的人恐怕也不會太多。

他做到了，以他一個訓練營學員的身分，以他這令人鄙視的手速。但是他沒有興奮，更沒有驕傲，如同他被人嘲笑他的手速時那樣，不卑不亢。

魏琛點了點頭，伸手在口袋裡掏著，最後拿出的，卻只是一個空菸盒。

魏琛一臉遺憾，把空菸盒扔到了一邊。

「繼續加油！」他說著，對喻文州，也是對所有人。

「是！」所有人回答著他。

「我去買菸。」魏琛轉身，離開，方世鏡連忙匆匆趕了上去。

魏琛聽到身後匆匆趕來的腳步聲，不用回頭，也知道是方世鏡。

「是時候了。」身影剛到他身旁，他就開口說著。

「什麼？」方世鏡一愣。

「想不到那個喻文州也是一個厲害的傢伙。」魏琛說。

「誰也沒有想到。」方世鏡說道。

「我們總是察覺得太遲，沒有最好地幫助到他們。」魏琛說著，他們，自然已經不單指喻文州了。

「他們會有大出息的。」方世鏡說道。

「嗯，但這還需要時間，你要好好幫助他們。」魏琛說著。

「那是當然的。」方世鏡隨口答道，但是，他馬上意識到了這話裡別樣的一種意思。

「你什麼意思？」他立即問道。

「雙核時代，並不屬於我啊……」魏琛感慨著，而後轉過了頭，在長長走廊另一端的訓練室裡，少年們把喻文州圍在了正中，連那個話多的黃少天也是，他們正在爭著要和喻文州打一局。這些人，或多或少都歧視過喻文州，眼下轉變了態度，喻文州也絲毫沒有介意過去。

「他是最好的隊長人選，『索克薩爾』將來也交給他吧！」魏琛說著，雖然從這三場對決才開始瞭解喻文州，但是只這三場，就已經可以瞭解足夠多的東西了。

「不過在此之前，還要靠你了。」魏琛又說著。

「你什麼意思？什麼在此之前？你要去哪？」方世鏡急了。

「我？我要去買菸啊！你也要一起嗎？你又不抽。」魏琛說著，揮了揮手，頭也不回地走下了樓梯。

方世鏡沒有再追，就這樣看著。他知道魏琛正在做出一個艱難的決定，而這個時候，他並不希望有人來打擾。痛苦，他從來都是自己承受，從不與人分享。

方世鏡回頭，看著走廊的盡頭，一群少年中的兩位。

那是魏琛對他的託付，是藍雨的未來，是屬於藍雨的雙核。

Chapter 6

決戰之時

「季後賽，我們來嘍！」

剛剛結束的比賽，讓現場響起陣陣歡呼聲。

這一輪比賽過後，《榮耀》職業聯盟第二賽季的常規賽就宣告全部結束，排名也有了最終的定論。有六支隊伍早在這輪之前就已經鎖定了季後賽的席位，而第七、第八名，卻都是經歷過這最後一輪的廝殺後才最終鎖定名次，拿到季後賽爭奪總冠軍的最後兩個席位。現場的歡呼聲，大多來自這兩支隊伍和他們的粉絲。兩隊的隊友，都已在比賽場上各自抱成一團。

霸圖戰隊的隊長韓文清這時也從比賽席上站起，長長地出了一口氣。

贏了。

他心裡想著，然後望向一旁歡慶勝利的隊友。但是這些笑成一團的隊友，在看到隊長望過來後，忽然一個個都像是被截圖了一般，頓時就有了一瞬間的定格。再然後，每個人的神情都收斂了許多，歡呼都沒有之前那麼肆意了。

韓文清，無論在對手還是隊友眼中都是很可怕的，無論他的樣貌還是氣質。此時被他一眼掃過，霸圖的隊員再不像之前那樣張牙舞爪，他們相互之間擊掌、握手，很有禮貌地互相祝福著，然後簇擁到了韓文清身邊。

「隊長，我們贏了。」有人說道。

「是的，贏了。」韓文清點了點頭。

「但是，這才剛剛開始。」韓文清說著，目光轉向了場上的某處。

「是是是。」隊員們紛紛點頭，他們不用看，都知道他們的隊長現在在望向誰。

葉秋。

嘉世戰隊的葉秋。

上賽季的季後賽，他們就是敗給嘉世出局的。可他們隊長韓文清和葉秋的過節，據說可以追溯到《榮耀》網遊開服後不久，全民等級還在三十出頭的那個年代。在《榮耀》競技場中，有兩個角色擁有百分之百的勝率。而現在，任何一個對《榮耀》有點認知的人，對這兩個角色都不會陌生。

有鬥神之稱的戰鬥法師，「一葉之秋」──嘉世隊長葉秋。

有拳皇之名的拳法家，「大漠孤煙」──正是他們隊長韓文清。

只是鬥神在第一賽季徹底封神，季後賽連挫強敵，最終問鼎冠軍。而「大漠孤煙」，卻倒在了鬥神的封神之路，拳皇之名，看來有些名不副實。有粉絲笑稱，拳皇嘛，拳中之皇，遇到不是用拳頭的對手當然就無法稱皇了。所以，還是鬥神格局最大，天下無敵。

這樣的玩笑話，韓文清並不在意。但是葉秋這個對手，霸圖的隊員卻都知道他們隊長在意得很。

他們上賽季的季後賽之旅，就是被葉秋率領的嘉世給終結的。

「大漠孤煙」昔日在《榮耀》初期的百分之百勝率，也是被「一葉之秋」給打破的。

而在那之後的網遊，或是線下的各類《榮耀》比賽中，他們兩個有過多少次針鋒相對的對決，那就完全沒人能數得清了。

直至《榮耀》聯盟成立，在這徹底職業化的《榮耀》對決中，這對老冤家再次聚首。只是賽場上，人們常能看到韓文清，至於葉秋，那傢伙很古怪地從不在人前露面，拒絕拍照。他們這些選手，通常也只能在賽前或是賽後在某個地方冷不防地相遇。誰也不知道他爲什麼要這樣。在對他有相當仇視心態的霸圖戰隊眼中，這種故作神祕的姿態那是相當噁心的。

就比如現在，他們的隊長朝著嘉世那邊望去，但是誰也知道葉秋不會出現在那裡，大家只能腦補一下他的存在了。

但是韓文清依然還是固執地盯了那邊有好一會兒，這才轉回頭來。

「我們走。」他說道。

霸圖隊員跟在他的身後，一路向現場觀眾揮手致意，退出了賽場。結果剛進了選手通道，就聞到一股菸味飄來。

「葉秋！」韓文清沒看到人，就已經叫了出來。這個時間，絕大多數選手還在賽場上呢！會跑下來並且在通道裡吸菸的，除了葉秋根本不做第二人之想。

「嗯？」前邊有人應了聲，眾人走近一看，可不就是葉秋嗎？

「恭喜進入季後賽。」葉秋說道。只是這話從一個提前三輪就已經拿到季後賽資格，並最終成為常規賽積分第一名的傢伙嘴裡說出來，怎麼聽都讓人覺得有一股淡淡的嘲諷在裡面。

但是沒人說話，霸圖戰隊的所有人都望著他們的隊長。有時他們會想，不打《榮耀》，真人ＰＫ的話，大概他們隊長三拳兩腳就能打死葉秋。

「決賽見。」韓文清淡淡地道。

霸氣！

霸圖隊員們激動。他們最終名列第七，這和名列第一的嘉世，將在季後賽分屬兩個半區。只能在最終決賽相遇。而在這之前，兩隊都各需要擊敗兩個對手。韓文清現在乾脆是把那兩隊無視了，直接和葉秋約決戰了。作為一個末輪才鎖定第七的隊伍來說，這樣的口氣多少有點囂張。但是霸圖的隊員們卻絲毫不這樣覺得，因為這就是他們的隊長。在他說出這句話後，大家就覺得好像已經站在了決賽的舞臺上，然後把面前這個討厭的傢伙給打扁。

「這麼張狂，不好吧？」討厭的傢伙笑著說道。

「到時見。」韓文清卻還是很肯定地說，跟著就從葉秋身邊走過，眾人緊隨。

「你第一輪的對手，可就是強敵哦。」葉秋在他的身後說著。

韓文清腳步一頓。霸圖名列第七，第一輪的對手，那就是排名第二的戰隊。

百花，本賽季最大的亮點，最受關注的一匹黑馬。雖然最終還是被嘉世戰隊壓了一頭，但是依然有很多人看好這對華麗的新人組合可以問鼎冠軍。至於末輪才坐穩第七的霸圖，看好他們的人可就遠遠沒有那麼多了。韓文清直接無視兩輪對手和葉秋約戰決賽的話若是傳出去，認爲他們不自量力的人倒一定會有很多。

但是，這並沒有改變韓文清的態度。

「你的手下敗將而已。」韓文清說著，就已經重新向前走去。

「喂喂，但是贏過你啊！」葉秋叫著。常規賽裡各隊輪流交戰，所以不存在還沒有相遇過的隊伍。霸圖自然也早在常規賽裡和百花打過，最終卻在積分上落後。

「我也贏過你。」韓文清頭也不回地說道。言外之意自然是說一兩次的勝負也不能太說明什麼。

「網遊裡的也算啊？」葉秋說。

「當然。」韓文清說道。無論網遊，還是現在的職業賽場，他爭勝的心始終都沒有改變過。只要是對決，他從來都會全力以赴。說完這句後，韓文清和他的霸圖戰隊就已經走遠，身影很快消失在長長的選手通道裡。

葉秋獨自站在那裡，像是想起了什麼，連夾在指上的香菸都忘了吸。

如果網遊裡的都算上的話，嘉世會遠比現在要強啊！因爲會有那個傢伙……他默默地想著。

季後賽。

幾日的休息後，《榮耀》第二賽季的季後賽即將正式開始。八支隊伍首輪第一回合的四場比賽，都將同時舉行。因爲季後賽是淘汰賽制，比起常規賽更加緊張刺激，所受到的關注也非常規賽可比。第一回合比賽的賽場，提前兩個小時就開始放觀眾入場，很快就已經座無虛席。

漫長的等待沒有人覺得乏味，各隊的粉絲支持著自家的戰隊，和各自對手的粉絲在場外就先開始了較量，場面熱鬧至極。

「葉秋算什麼，幹掉他！」藍雨粉絲的方陣裡，有少年不顧一切地吶喊著。只是這呼聲，連他們自家的粉絲都有些不太好意思附和，只能對少年的勇氣和對藍雨戰隊的愛表示讚賞。至於嘉世粉絲那邊，不說能不能聽到這少年孤獨的喊聲，就算聽到，也只會引來一陣鬨笑。

上賽季實力強勁的藍雨，在任何人眼中都會是勁敵。但是本賽季藍雨的戰績卻大幅度下滑，最後一輪才擠上第八，搭上了季後賽的末班車。整個常規賽，誰都看得出藍雨的實力有所下滑。他們的核心選手，隊長魏琛，再不復首賽季之勇，狀態一路滑坡，帶著藍雨的戰績，險些就沒能闖進季後賽。

原因，所有人都清楚。這是一種無法阻止的退步。所有人在爲藍雨惋惜之餘，自然也就不再看好他們的實力。

而現在，首輪，他們遇到的是嘉世。雖然這賽季百花更爲搶眼，但常規賽的第一名依然是嘉世，那些鼓足勁衝進季後賽的隊伍想打倒的，也是嘉世。藍雨，成了嘉世首輪的對手，那一刻，就已經沒有人對藍雨有什麼期待了。哪怕是藍雨的粉絲，也將自己心中的期待，稱之爲奇蹟。

嘉世，眞的太強了……

藍雨不出意外地敗了。

「這只是第一回合，還有兩回合！」看臺上少年聲嘶力竭地吶喊，也沒有太多人能聽到。季後賽三局兩勝制，藍雨是還有扳回的希望。可是在看過第一回合的表現後，對藍雨，眞的沒有人再有期待了。老邁的「索克薩爾」，完全不足以抵擋如日中天的鬥神。

至於首輪第一回合的其他場次，比較讓人意外的是百花戰隊在首輪就輸給了霸圖。

畢竟是第一次，有評論這樣說道：

『季後賽的節奏和常規賽不一樣，他們需要適應。

這場失利，可以讓他們盡早意識到季後賽的不同，想辦法去調整。現在輸，總比進了決賽才輸要好。

他們是聰明的選手，一定會找到辦法的。』

種種議論，可以看得出百花的支持者在這一場失利後心態依然輕鬆。他們一邊倒地分析著百花失利的原因，爲百花接下來的勝利描述著必然。

沒有人在意，也沒有人提及霸圖的實力。

因爲霸圖上賽季季後賽首輪就被淘汰，因爲這賽季霸圖最終只列第七。

這看起來就是一個季後賽一輪遊的炮灰戰隊。但是沒有人留意，上賽季季後賽霸圖就算炮灰，那也是冠軍嘉世的炮灰。如果沒有嘉世，霸圖會走到什麼位置？沒有人想過這個如果。

首輪第二回合，三天後再度打響。有哪些隊伍在今天就可以從首輪突圍衝出，所有人都在期待著。這一回合，將決定各隊的命運。在各隊的備戰室裡，氣氛比起第一回合自然要嚴肅緊張得多了。

「大家放輕鬆，只要發揮出我們的實力，就一定可以擊敗對手。」在百花戰隊的備戰室裡，隊長孫哲平對隊員們說著。

上一輪，百花戰隊確實出現了一些問題。因爲季後賽的淘汰賽制，讓他們在比賽中有些患得患失，放不開手腳，最終惜敗霸圖。而現在，在背負著第二回合再失利就直接出局的壓力下，百花戰隊的形勢要嚴峻許多。但是經過這三天的調整，隊員們的心態卻都已經放平緩。

「平常心，就當做平時的比賽來打。」這是隊裡這三天相互說得最多的一句話，緊張的心情，終於漸漸被消弭了。而此時，他們即將站上賽場，孫哲平最後一次提醒著隊員們。

「明白。」大家點頭。

「平常心。」有人又說出這三天來他們經常強調的一句話。

而後，出發！

走出備戰室，正巧他們的對手也在出發，從對面的備戰室裡，霸圖戰隊的隊長韓文清率先走了出來。

「韓隊好。」孫哲平向對方打著招呼，常規賽中大家已經相識。他的比賽風格，有一些人說和韓文清有幾分相像。孫哲平自己也無法完全否認這一說法。確實他所喜愛的打法和韓文清表現出的勇猛、剛強頗有幾分相像，孫哲平早就知道這一點。韓文清也是孫哲平一早就關注到的前輩。

「你好。」韓文清點頭，接過孫哲平伸來的右手，握在一起。

「今天贏的，會是我們。」孫哲平一邊握手，一邊說道。

韓文清笑了笑。

「你們還早。」他說著，將孫哲平的手放開，領著他的隊友向場上走去。

「場上見。」他頭也不回地朝著身後的孫哲平還有百花的隊員們擺了擺手。

「走吧，不要輸給他們！」孫哲平對著身後的隊友們說道。

「是！」大家應聲。

張佳樂更是舉起右手，對著霸圖戰隊做了一個槍形。

「砰！」他模擬著放出了一槍，隊友們笑。

「出發。」他將手指縮回，像模像樣地還在嘴邊吹了吹後，說道。

「出發！」隊員們齊聲叫著，邁步向著場上走去。

百花對霸圖，是這一回合最受關注的一戰。看好百花戰隊的那些人，都想看百花在這一回合裡怎麼翻盤。

但是各戰隊的粉絲，優先關注的當然還是自家戰隊的比賽。

藍雨戰隊的觀眾方陣，比起第一回合，似乎縮小了不少。

「打倒葉秋！」但是方陣中，依然有少年精力無窮地高呼著。

觀眾們笑，憐愛地望著這個少年。

第一回合來過現場觀戰的，大多都已經認識了這個少年，聽說是叫黃少天，是藍雨訓練營的孩子，自稱將會是藍雨的核心級選手。

孩子的話，大家嘻嘻哈哈地也就這麼一聽。黃少天對藍雨戰隊這不顧一切支持的勁兒，讓他們無論如何也不可能討厭這個少年。而和他一起的另一個少年，看起來就要沉默得多，沒有這樣跳起來大喊大叫過。他隨身帶著一個硬皮本，在比賽的過程中經常會在上面寫些什麼。

據說也是藍雨訓練營的，叫什麼喻文州。而他對比賽的關注，比任何人都要認眞。幾次有一旁的觀眾想要和他說話，他都置若罔聞，心思確實是完全沉浸在比賽當中。於是，也就沒有人會去打擾他了。

今天，黃少天依然精力無窮地爲藍雨加油。而喻文州的神情，看起來比上回合時要嚴肅得多。

大概，是想到藍雨極有可能被淘汰吧？粉絲們想著，不由得有些心疼神色凝重的喻文州。

「會贏的。」坐在喻文州旁邊的一個女孩，這樣對喻文州說著，希望能讓這孩子不要這樣一臉難過的神情。

喻文州看了她一眼，沒有說話。

「雖然會很難……」女孩說道，對方雖是孩子，但是孩子的《榮耀》水準也未見得就低，更何況人家都介紹了是藍雨訓練營的。所以，對於難度的存在這孩子當然也會很清楚，女孩於是也就主動指出來了。

「是啊……會很難。」喻文州說著。女孩當然不知道，喻文州的判斷，遠遠比她想像的要高明清晰得多。

這場比賽，想獲勝，會很難，非常非常難。

可能性，只有一種。

那就是對手犯錯，犯大錯，致命級別的錯。

除此之外，喻文州眞的沒有想到任何可以取勝的辦法。葉秋的強，對藍雨而言已經懸殊到了如此地步，除非他自己犯錯，否則藍雨已經沒有辦法製造出任何勝機。

葉秋會犯錯嗎？

喻文州研究了所有他可以找到的，葉秋的比賽資料。

沒有人可以不犯錯，葉秋也一樣是人。但是葉秋卻能比他的對手更先一步地認識到自己的錯誤，對手還沒來得及捕捉他失誤產生的漏洞，他就已經飛快地彌補上了。很多時候，對手甚至都沒有察覺到葉秋有過失誤。

能做到這種程度，已經稱得上是無懈可擊了。喻文州試圖引導葉秋犯錯的構想，很快就夭折了。

技術全面，意識出眾，經驗豐富，反應敏捷，手速驚人。

研究得越深，越覺得葉秋的可怕。喻文州簡直無法想像，竟然眞有葉秋這樣的人存在，一個完美的、根本挑不出漏洞的存在。

這樣的人，指望他自己犯錯……

喻文州估摸只能靠下藥這一類的場外招了。

他當然不可能這樣做。

所以，葉秋無解。

所以，藍雨會輸。

一場喻文州已經提前料定結果的比賽。他就是懷著這樣的心情，在觀看。結果，終於也沒有出乎他的意料。

藍雨輸了，輸得很慘，摧枯拉朽般地就被葉秋和他的嘉世擊敗了，是四場對決中最快結束的一場比賽。

嘉世率先進入次輪，他們的慶祝，還有他們粉絲的慶祝都很平靜。一場意料之中的勝利，顯然並不會讓他們覺得驚喜。

藍雨的粉絲，雖難過，但也不是那麼難以消化，這也是他們早已想到的結果。

但是那個活躍的少年，此時卻還是不肯甘休。

「廢物老鬼，連葉秋都打不過！你是豬嗎？」他在叫著。

眞是個任性的小鬼。

這一刻，大家覺得黃少天有點不可愛了。藍雨雖然輸得很慘，但是場上隊員都已經拚盡全力，尤其隊長魏琛，大家都知道他因爲年紀狀態下滑，即便如此，他也貢獻出了自己最大的力量，這一場他的發揮，已是近期少有的精彩。

眞的不是藍雨不給力，是對手太強大啊！

這種時候，這樣指責付諸全力的選手，實在太不禮貌了。

「小鬼，不要亂說。」有人不客氣地指出了這一點。

「魏琛隊長的表現已經很好了。」

「就因爲有他率領，沒有人敢輕視藍雨，嘉世也是很辛苦才能擊敗他的。」

「看下賽季吧！」

大家紛紛說著。

黃少天不說話了，看到他沉默，大家又忍不住要上來安慰。但是，終究沒有人完全清楚這個少年在難過什麼。

他也知道葉秋和嘉世的強大，知道擺在魏琛他們面前的是一個不可能完成的任務。但是他無法控制的，還是要期待他們完成。

因爲他知道，這，可能就是魏琛最後一次站在比賽場上了。藍雨還會有下一個賽季，但是魏琛卻不會再有。雖然他一直沒有明說，可是隊裡大多數人都已經猜到，方世鏡前輩也無意間流露出了魏琛準備退役的消息。

勝利，他已經沒有機會再去爭取了，所以這一次，黃少天眞的是無比期待著藍雨的勝利。但是結果，卻在首輪就被殘酷地擊敗了。

藍雨的選手走出了比賽席，在向觀眾們致意著，他們的第二賽季，到此爲止了。

隊長魏琛也在其中，但卻不經意地和隊伍拉開了些許距離。

他就一個人站在那兒，悵然四顧，若有所失。

再然後，他站在賽臺上，點起了一根菸。剛吸了一口，就已經被保全包圍，在他拒絕將菸掐滅後，只好客氣地將他請出場外。他在保全的簇擁中，向著藍雨粉絲的方向，舉手揮了揮。

觀眾們笑成一團，黃少天卻已經淚流滿面。喻文州望著魏琛的身影在保全的簇擁下在選手通道裡消失，失了會兒神，就把注意力重新放回了比賽場上。

還未結束的比賽，還有三場。備受關注的那一場，也正打到激烈處。

百花對霸圖，勝，還有一回合的生機；敗，本賽季就將到此爲止。

從第一回合起，人們就一邊倒地看好百花，哪怕第一回合最終百花告負，但第二回合，人們還是對他們寄予更多的期待。

但是結果，百花再度陷入苦戰。

比賽已經進行到了團隊賽。之前的個人賽和擂臺賽雙方各有勝場，團隊賽，就將決定這一輪的最終勝負。而在經過一場異常膠著的拉鋸戰後，百花的支持者們終於長出了一口氣。

該贏了吧？

他們都在想著。

想不到霸圖還挺難纏的。

也有人開始高看霸圖。

下一輪會怎麼樣，眞不好說呢！

也有人開始覺得百花未必就能勝過霸圖。

但是比賽還沒有眞正結束。

太多人選擇性地遺忘了這一點，只因爲場上的形勢看起來十分明朗。

絕大部分角色已經倒下。霸圖還站著的只剩下他們的隊長韓文清的「大漠孤煙」。而百花戰隊，「繁花血景」雙核都在。這可是一對一加一必然會大於二的組合，面對韓文清孤身一人，百花的勝利，還有任何問題嗎？

沒人覺得有問題，包括場上的孫哲平和張佳樂，打到這一步，兩人都各鬆了一口氣。

『前輩，承讓。』孫哲平在公共頻道裡認眞地說著。一直以來他最關注的都是葉秋，而這位風格和他相近的選手，孫哲平雖認可他的實力，但多少還是有一點點忽視，至少從來沒有把他放到和葉秋等同的位置上。

但這場比賽，在已經確定了勝勢後，他卻將韓文清擺到了和葉秋等同的高度上。

『擊敗您，就像擊敗葉秋一樣不容易。』孫哲平接著說道。這實在是很高的讚譽，看到孫哲平對韓文清有這樣的認可，觀眾都是一片譁然。沒有人覺得韓文清強如葉秋，大家都覺得孫哲平這話是勝利者禮貌性的客氣。

但是韓文清的回應隨後跳出。

『我敗了？』他問道。

所有人聞言一愣，末了忍不住一笑。

從理論上來說，韓文清當然還沒敗，但是打到這個地步，勝負還有什麼懸念？如此揪著對方的話頭說事，這份倔強實在有失風度吶！這種時候，打個GG自己退出很難嗎？

單從風度而言，就不夠一流啊！好多人心下想著。但是韓文清的「大漠孤煙」卻在此時忽從角落衝出，飛身而起，揮拳砸下，攻向孫哲平的「落花狼藉」。

孫哲平正在檢討自己呢！他覺得自己方才那話確實有失對對手的尊重，哪怕局勢已經如此明朗清晰，但是比賽確實還未結束啊！結果眨眼間，「大漠孤煙」竟已衝向了他，飛在半空中的身影，在他的視角中投下一片陰影。「大漠孤煙」凌空一記崩拳，朝著「落花狼藉」的腦袋轟來。

退！

韓文清驟然發動的強攻讓孫哲平稍有忙亂，但到底還是做出了應對。「落花狼藉」小跳後退，雙手揮起了手中重劍。

裂波斬！

來自魔劍士的低階技能，超級實用的可破霸體的抓取判定，讓任何一個劍士系職業的選手都不會放棄這個技能，哪怕只是學習一級。

正在空中的「大漠孤煙」避無可避，眼看著劍鋒挑起的法術結界向著他的身上套去。與此同時槍聲響起，手雷飛出，張佳樂的反應也絲毫不比孫哲平遜色，「百花繚亂」的攻擊也已經展開。

「大漠孤煙」就這樣不肯屈服地暴露在了百花雙核的劍鋒、槍口之下，剛剛還覺得韓文清有失風度的觀眾，這一刻卻都有些失神，「大漠孤煙」的身姿是那樣的義無反顧。不到最後一刻絕不妥協，這，才是韓文清的態度。

劍鋒閃過。

裂波在空中旋轉蕩開，「百花繚亂」扔出的手雷也已經撞上，火光一片。

「大漠孤煙」的身形卻在此時急墜。

怎麼會？

孫哲平一驚，明明已經套中了「大漠孤煙」的「裂波斬」，居然沒有完成抓取？如此，只有一種可能。

轟！

「大漠孤煙」落地，大地似乎都在震顫，孫哲平可以感受到自己的「落花狼藉」有一個微微的跳起，不受他控制的跳起。

千斤墜！

擁有連任何抓取判定都可以無視的強力霸體效果的技能千斤墜。在刻不容緩的一剎那，「大漠孤煙」從衝拳轉成了這個技能。

孫哲平對「大漠孤煙」驟然發起的強攻還能有個反應，但這頃刻間的變化卻讓他束手無策。

對手早有圖謀，凌空發起的一擊，不是爲了更顯悲壯，而是要引誘孫哲平放出裂波斬。「落花狼藉」的武器是重劍，攻速最慢，施展裂波斬的收招，時間也會稍長。就是因爲這麼一點點的遲緩，讓孫哲平無法跟上韓文清的攻擊節奏。千斤墜，震得「落花狼藉」微微彈起，「大漠孤煙」的拳跟著已經揮出。

衝拳。

「大漠孤煙」的拳，衝向「落花狼藉」，帶著他自己，一同向前，始終保持對「落花狼藉」的緊貼。瞬間滑前三個身位後，一記前踢已經甩出。

另一端的「百花繚亂」可沒閒著，只是接連丟出的手雷都被「大漠孤煙」的快速推進甩到了身後。而他和「落花狼藉」的緊貼，讓「百花繚亂」的槍口一時間也找不準目標。張佳樂正在操作「百花繚亂」走位搶出角度，被前踢擊退的「落花狼藉」，卻一下子向著「百花繚亂」撞來。

張佳樂連忙操作「百花繚亂」閃避，但是視角人影再一閃，韓文清的「大漠孤煙」，竟已施展著雲身，如影隨形地繼續緊貼「落花狼藉」。只是這一次，剛剛才閃過「落花狼藉」的「百花繚亂」，頓時也落入了「大漠孤煙」貼身的範圍。

雙虎掌！

「大漠孤煙」雙掌翻起，一左一右，竟將「落花狼藉」和「百花繚亂」扣在了一起。

全場目瞪口呆，就看著「大漠孤煙」暴風驟雨般的拳腳，飛快地砸落到百花戰隊這對雙花組合的身上。

以一敵二，怎麼打？

韓文清給出了一個簡單明瞭的答案：將兩個對手串在一起，一塊打。

兩個角色的生命飛快下降。

憑拳法家的拳腳，想這樣一次黏住兩個目標並不能持續太久。很快就會因爲某個技能冷卻而陷入無以爲繼的地步。

但是眼下已是殘局，每個角色的生命都已經不多。不能持續太久，卻已經足夠，尤其韓文清很刻意地將攻擊最大限度地向著當中的一位傾斜。

一套連擊打完，「落花狼藉」僵在了當地。在所有人難以置信的注視下，生命清零，緩緩倒下。「大漠孤煙」的拳腳未停，集中擊向了「百花繚亂」，攻擊一人，他用的是另一個套路。

一個被拳法家貼身的槍手，結果會怎樣？

這個結論，看起來就像之前的殘局那樣想當然，可是現在還沒有人來得及消化這個結果——大家還沒從上一個「想當然」被擊碎中醒過來。

百花雙核，獨對韓文清一人，這是要輸？

當所有人開始認識到這一點時，結果已經無比清晰地擺在了他們面前。

「百花繚亂」倒下，「大漠孤煙」成了場上最後一人。

勝利者，是韓文清。

進入下一輪的，是霸圖戰隊。

這是場內最後一場結束的比賽，這個結果，愣是讓場館內半天都沒有人聲。只有電子音一遍一遍地在場內迴盪著，宣布著這一回合比賽的勝利者，恭喜著進入下一輪的戰隊。

最後結束比賽的兩隊選手，也在這時走出了比賽席。霸圖戰隊的選手們激動不已，瘋狂地衝向他們的隊長。就在最後一刻，迎上韓文清目光的時候，所有人忽然止步，平靜地互相擊掌、握手，禮貌地相互慶祝著勝利。韓文清笑了笑，也沒說什麼，然後望向了另一邊，他剛剛擊敗的兩個對手。

輸了？

孫哲平走出比賽席時，還有些無法相信，他扭頭看了眼，看到張佳樂還坐在比賽席上發著呆。而百花的隊友，個個也都是垂頭喪氣。

上空的大螢幕上，正在重播韓文清瞬間擊殺他們二人的精彩瞬間，孫哲平抬頭看著，呆呆地，一遍又一遍，就好像他還未進入職業圈時，一遍又一遍地看著葉秋獲勝的精彩瞬間。就連張佳樂什麼時候站到他的身邊，他也沒有察覺。

「靠。」看了足足有四遍，孫哲平突然狠狠地罵了一句。

大螢幕上不只有戰鬥的重播，連同戰鬥之前公共頻道裡的對話也有閃過。

『前輩，承讓。』
『擊敗您，就像擊敗葉秋一樣不容易。』
他自以為獲勝，他自以為對韓文清的稱讚很由衷，但是現在，這些全像耳光一樣抽在他臉上，左一記，右一記。
比起輸掉比賽的難過，孫哲平更覺得羞愧。
「我的錯。」他對站在他身邊的隊友們說道。
「我欠大家一場勝利。」他低著頭，沒臉去看任何人。
「呃……」隊員們面面相覷，遲疑著。
「那啥。」終於有人開口，「隊長你不要這樣，我們也是新人，你這樣我們也不知道該接啥好。」
「對對對對。」其他人紛紛道。
孫哲平抬起頭，看著眾人。
「就當是吸取教訓吧！」張佳樂說道。
「你不要和沒事人一樣。」孫哲平斜眼看著他，「剛才也有你一份的。」
「咳咳。」張佳樂不住地咳嗽著。
「那麼，明年再來。」孫哲平看著大家。
「明年再來。」所有人用力點了點頭。孫哲平向著賽場另一邊看去，霸圖的隊長韓文清，也正在望著他們這邊。碰到他的目光後，微點了下頭，就率領著霸圖戰隊在觀眾的歡呼聲中離開了。對於霸圖的支持者們來說，這場比賽的最後一瞬間，實在太過癮，太值回票價了。

首輪比賽就這樣結束了，所有挺進次輪的戰隊，都用兩個回合就乾淨俐落地擊敗了對手。

下一輪的對手……

韓文清站在場館前廳的電子公告牌前，望著已經更換過的賽程圖。

「呼嘯嗎？」一個聲音自身後傳來，韓文清回頭，就看到葉秋叼著菸站在他身後，也在望著電子公告牌。

葉秋所說的呼嘯戰隊正是霸圖戰隊下一輪的對手，而嘉世戰隊下輪要迎戰的對手——韓文清目光掃到另一個半區，和嘉世爭奪總決賽席位的是……

「微草。」韓文清說道。

「嗯。」葉秋點點頭，「有個很不錯的治療新人呢，說起來我覺得你身邊就缺這樣一位能掌控大局的高水準治療，要不要把他挖到你們霸圖去？」

「還嫩。」韓文清說道，他當然知道葉秋說的是誰。微草戰隊的新人方士謙，一個水準相當不錯的治療。這賽季下來已經有不少戰隊在打他的主意，霸圖戰隊的老闆也有來問過韓文清的意見，他未置可否。他不否認方士謙的天賦，但就目前來看他覺得方士謙還不夠成熟。尤其是喜歡在牧師和守護使者兩種治療職業之間輪換使用的做派，讓韓文清覺得有些變化過頭，這不是他心目中最適合霸圖的治療風格。

「唉，你不要看不起新人啊！兩種治療職業的輪換使用，多麼有懸念。」葉秋說道。

「那你可不要輸給他。」韓文清說著，轉身就準備離開。

「我怕你輸給那個流氓。」葉秋說道。霸圖戰隊的對手呼嘯戰隊中，也有一位不錯的新人林敬言，是一位操作流氓的選手。

「決賽見。」韓文清揮了揮手，已然走開。

三天後，季後賽次輪第一回合打響。這次是由四支戰隊捉對廝殺，而對勝負，賽前就有了一邊倒的預測。這一次終於再沒有爆出冷門。微草和呼嘯雖然各有不錯的新人，但是依然敵不過嘉世葉秋和霸圖韓文清的老辣剽悍。兩回合後，兩隊就被乾脆俐落地淘汰出局。這在人們眼中是順理成章的事，彷彿這兩隊就是天生的失敗者一樣。

呼……

方士謙從比賽席中出來時，長長地出了口氣，流露出很清晰的疲態。

嘉世……真是太強了。

方士謙揉著有些痠痛的雙手，無奈地嘆息著。他已經盡了自己最大的努力，但是終究還是無法阻擋嘉世的勝利。他沒有埋怨任何人的意思，只是確切地感受到了他們微草與嘉世之間還是有著明顯的差距。

「士謙辛苦了。」微草的隊長林杰這時來到他的面前，對方士謙這個新人說話，竟然頗爲客氣。

「隊長，還有大家也都辛苦了。」方士謙連忙道。

「我們就算辛苦，又能怎麼樣呢？」林杰苦笑著。他會對一個新人這麼客氣當然不是沒有原因的，因爲方士謙這個新人的水準已經超過了他們。

依靠著方士謙在後方的拚命支持，他們才能持續戰鬥這麼久。可是最終，他們依然沒能做到什麼，這讓他們這些做前輩的，竟然成了後輩的負累，讓他們有些無顏面對這位新人。

「您別這麼說……」方士謙有些惶恐，他絲毫沒有嫌棄前輩們實力不濟的意思。他們在這方面的自責，讓方士謙感到十分難受，他不知道自己到底該怎麼做才能讓前輩們不要這樣妄自菲薄。

「放心吧！下賽季一定會有改變的。」林杰說著，目光向著看臺上望去，那邊有他們微草的支持者，還有他們微草戰隊的未來。對此，他充滿信心。

「您是指？」

「你知道的。」林杰笑道，「他已經完全具備這個實力。」

「可是我們現在，暫時沒有位置吧？」方士謙小心翼翼地說著。可以上場比賽的選手就那麼多，有新人加入，就要有舊人被擠開。前輩們都那麼好，無論將誰替換掉方士謙都很不忍心。

「位置嘛，有能力者居之。」林杰說道，「說實話，我根本不具備衝到那個位置的實力啊！」他一邊說著，目光再次轉動著，落到了歡慶勝利的嘉世和霸圖兩隊的選手身上。而他們當中最強的那位，這時早已經悄然退場。想想那位的實力，林杰唯有苦笑，那是他做夢都無法企及的高度。

「隊長你！」方士謙驚訝地望著他們的隊長，他怎麼也沒想到，隊長竟然要親自退位讓賢，將自己的位置和角色，交給那個傢伙嗎？他承認那個傢伙很強，自己對他也沒有什麼特別的看法，可是……

「隊長我們不能沒有你啊！」方士謙叫道。

「什麼話。」林杰笑著，「這個隊裡最弱的就是我了吧？這麼好的角色落在我手上都快蒙上灰了呢！我可是比誰都希望看到它發光發亮的。」

「您一樣可以做到的！」方士謙急道。

「傻話。」林杰搖了搖頭，目光，再次投向了那片看臺。

「以後就交給你們了。」他說道。

「隊長……」方士謙望著他，怔怔地再也說不出什麼來。

又過了三天。

終於迎來了本賽季的最終決戰。

人們所期待的黑馬百花對王者的挑戰並沒有上演，但是霸圖這個對手，也沒有讓人覺得失望。韓文清在首輪第二回合戰中，最終時刻以一敵二乾淨俐落地打爆百花雙核的情景令人印象深刻。人們這時才發現，常規賽裡打到最後一輪才拿到第七名的霸圖戰隊，一進季後賽反倒橫衝直撞起來。驚險刺激的淘汰賽制沒有讓他們變得小心翼翼，反倒越發的凶狠剽悍起來。

人們回看了上賽季的比賽，留意到季後賽首輪淘汰霸圖的正是嘉世戰隊，可這一次，可謂是復仇之戰。再然後，葉秋和韓文清在昔日網遊裡的對決，都被翻出來書寫。鬥神和拳皇之爭的話題，終於全面爆開。

有堅信鬥神實力，也有期待拳皇能推翻王者的。冠軍之戰，就在此時打響。

「出發。」韓文清起身，領著霸圖的隊員走出了備戰室。對面嘉世的隊員也正出來上場。韓文清知道在這裡是碰不到葉秋的，那個傢伙喜歡扮神祕，總是趁無人關注時偷偷溜進比賽場，領隊的事，都是交給吳雪峰的。

朝著嘉世隊首的吳雪峰點了點頭，算是打過招呼。他和吳雪峰也是《榮耀》網遊初期的老相識了。聽吳雪峰說他和葉秋第一次野外PK時，吳雪峰就是圍觀者之一。韓文清當時倒是沒注意到吳雪峰，他只知道那之後確實經常看到「氣沖雲水」這個氣功師在「一葉之秋」身邊晃悠，兩人的默契，從那時就已經養成了。

另外還有一個傢伙，不像個正經玩家，但實力也強得可怕。韓文清記得那位是個神槍手，也一直廝混在網遊裡，但就在《榮耀》聯盟成立以後，卻沒有像葉秋、吳雪峰，還有他這些網遊中已成名的高手一樣被人挖進職業戰隊。

那傢伙是沒有他們這樣的名氣，但他就在葉秋身邊，韓文清不相信葉秋會不向戰隊推薦他的實力。他後來有問過葉秋，結果……

「他死了。」

葉秋的回答，讓韓文清再也沒有提過這個問題。

走過選手通道，邁向比賽場時，韓文清想起了不少過去的事。幾年來，和葉秋不知道PK過多少次，從網遊裡，一直打到職業比賽。

他贏過，但是輸得更多。

他心底早就承認，比起葉秋，他還是稍遜一籌的。他們這一撥有名的好手裡，能讓他服氣的也就這一位。除此以外，無論是現在領著嘉世上場的吳雪峰，還是已經宣布退役，離開了藍雨的魏琛，上賽季和葉秋爭過冠軍的皇風戰隊的高手呂良，抑或是那位去世了的，很有些天才的神槍手，韓文清都不覺得有壓自己一頭的水準——只有葉秋。

所以這眞是一個難得的好對手。

是的，他只把葉秋當對手，可沒有因爲自己稍遜，就將自己擺在挑戰者的位置上。

因爲在韓文清的心底，實力，並不意味著勝負。每一場戰鬥，就是一次全新的開始，追逐勝利，一次又一次，一如既往，從頭再來。

而這一次，他站到了一個被很多人視爲是終點的位置。但他本人卻沒有那麼多強烈的感想。他和每一場比賽前一樣渴望勝利。而將這個勝利拿到手後，他就會開始渴望下一次的勝利。哪怕是總冠軍，也一樣。追逐勝利，那是永遠不會有盡頭的，韓文清希望自己可以永不停歇地追逐下去。

雙方隊員走到了比賽臺上，因爲葉秋從不在這種時候露面，所以也就沒有什麼賽前針鋒相對的交流。吳雪峰那是一個老好人一樣的角色，和他是起不了什麼衝突的。

雙方隊員握手致意後，各自進入了比賽席。

總決賽和之前的兩輪不一樣，再不會有兩回合比賽，一場決定勝負，以此來保證比賽的精彩連貫。

個人賽三分，擂臺賽兩分，團隊賽五分。若各得五分，再打加時。但個人的賽事分數鬆散，極少有隊伍可以一邊倒地全拿五分。個人賽拿不滿五分，那即使拿了四分也會因爲團隊賽占了五分大頭一併輸掉，所以個人賽在這種賽制下著實有點雞肋。有關賽制的改革一直就有各種建議，但聯盟至今還是沒有想出一個完美的賽制，只能就先這樣將就著。

如此一來，個人賽和擂臺賽也就成了雙方互探虛實的前哨戰。兩隊派出參賽的六位選手倒是都沒有閒著，「乒乓乓乓」你來我往全都走了一遭，最後打出了個差不多是平分秋色的三比二。勝負不值得太在意，在這個過程中有誰暴露出了什麼缺點才是關鍵。

不過說實話，這都是賽季最後一場總決賽了。兩隊相互的研究在賽前早就做透，怎麼也輪不到在這最後一場裡才突然發現什麼。大多的，還是看狀態。個人賽裡發揮不太好的，很有可能就會是團隊賽裡被對手強攻的突破口。但是也說不定人家是在個人賽裡故意偽裝狀態不佳，然後在團隊賽裡以此下套呢？

所以說這個人賽已經不是技術和實力的較量，而是成了智慧和陰謀的角鬥場。不過嘉世和霸圖這場三比二看來還是打得比較實誠，沒發現有什麼爾虞我詐。等擂臺賽結束後，全場都是精神一振，知道接下來才是重頭戲，才是眞正的決勝負。

看臺上不止是《榮耀》的粉絲，各大戰隊也有組織粉絲到現場來觀看的。不過看著事不關己的冠軍爭奪，最氾濫的情緒還是失落。

「明年，我們要站在這裡！」

百花這邊，孫哲平指著賽場說道。幾天下來，首輪出局的陰霾散去不少。最終他們目標要打倒的戰隊，和最終淘汰了他們的戰隊在決賽相遇，這場比賽當然一定要來看。

「明年，無論是誰，我們都要全力以赴地擊敗他。」孫哲平說道。只把視線鎖定在葉秋和嘉世身上的態度，他徹底改正了。

在這職業賽場上沒有弱者，都是需要去認眞應對的強敵。

「說得好。」有人接著稱讚著。孫哲平望去，看到的是微草戰隊的一行人。接他話的是微草戰隊的隊長林杰。說實話，這位戰隊隊長的實力，孫哲平覺得挺一般的，但是如今的他不會輕視任何人。

「謝謝。」他向林杰點頭示意。

「你們也要加油啊！」林杰對他身邊的兩個少年說道。

「嗯。」王杰希點了點頭，而他身邊的方士謙雖也在點頭，臉上卻閃過一抹難過的神色。

「下賽季讓你們領教我們微草的厲害。」林杰對孫哲平笑著說道。這賽季的常規賽他們兩遇百花，結局都比較狼狽。

「是嗎？很期待啊！」孫哲平笑著。他看了看林杰身邊的兩個少年，似乎很被期待的樣子。方士謙他認得，和他一樣是第二賽季的新人，實力非凡，備受矚目。但是另一位……孫哲平沒見過，是微草下賽季的新人嗎？

一旁的張佳樂也因爲聽到他們說話，於是朝微草那邊望去，也看到了那個他們並不認識的少年。張佳樂禮貌地笑了笑，沒有放在心上。此時的他自然不會想到，這個他並不認識的少年，將是他職業生涯中最大的噩夢。

「比賽開始了。」

不知誰說了聲，於是大家結束了聊天，認真看向了比賽現場。而在看臺上的某處，藍雨戰隊所在的位置，自始至終，一直都很安靜。就連一向聒噪的黃少天，今天的話也格外的少，一直一臉不忿的模樣。

方世鏡坐在他身旁，看他這模樣也是一臉無奈，心底對魏琛也有幾分不滿。這傢伙，在藍雨首輪的比賽結束後，領著全隊一起去吃了頓飯，然後說了句「我走了」，居然就真的走了，徹徹底底，完完全全地消失。藍雨方面對外公布隊長魏琛退役的消息時，他的人早就已經不在藍雨了。

電話關機，QQ不回，「索克薩爾」的帳號，被他好好地留在了戰隊，然後他就這樣人間蒸發了。

退役而已嘛！需要這樣嗎？

方世鏡想起來真有些火大，多年老友，居然這樣不辭而別玩消失？

而在他的心底，多少又有些體諒魏琛的心思。他知道，他這樣做，是因爲他太捨不得藍雨了，不得不用這樣絕情徹底的方式，斬斷他和藍雨的連繫。他大概很怕自己一個遲疑，就改變了自己狠下心做出的決定吧？

改變就改變嘛！

反悔就反悔啊！

以你的節操，做這種事很有壓力嗎？

想到魏琛決心下得如此痛苦，離開得如此決絕，方世鏡心裡也是難受至極。至於戰隊的成員，大多數人都還好，只有黃少天一直罵個不停，罵了幾天後，卻就是這樣罕見地沉默了。

方世鏡有些擔心，這小鬼，心理不會出什麼問題吧？他有些束手無策，更加埋怨起魏琛一聲不吭就把藍雨這攤子全交給了他。他倒是給俱樂部那邊留了封信，俱樂部也很尊重魏琛最後的建議，方世鏡，現在已經是藍雨的新任隊長，而下賽季的藍雨陣容，魏琛留信裡說就由方世鏡來斟酌。

斟酌什麼？

就是斟酌下賽季要不要讓這兩個小鬼註冊出戰吧？

你這傢伙，知不知道你這一走，那個話癆現在變得沉默是金啊！我該怎麼辦啊？

方世鏡看著黃少天，神色擔憂，但又不能就這樣置之不理。

「少天啊！」他開口，這才剛叫了一下黃少天的名字，卻見黃少天突然一躍而起，伴隨著場上團隊賽的開始，站在座椅上大聲喊道：「老鬼，你就放心去死吧！我會替你報仇的！」

四周觀眾神情錯愕地望過來，黃少天卻已經跳下來重新坐好。

「仔細研究，看看怎樣能幹掉他們。」而後他向一旁的喻文州發號施令。

喻文州卻搖了搖頭，「實力不夠，這個根本問題不解決，研究也無用。」

「你說誰實力不夠？」黃少天瞪他。

「你，我。」喻文州說著，抬眼又看了方世鏡一眼。

「哎，你別看我啊！」方世鏡說道，「未來是靠你們的。」

「是啊！得未來才行呢。」喻文州說。

「未來……」黃少天喃喃自語，說實話他也不是那麼狂妄自大。在藍雨戰隊裡，他打魏琛都是輸多勝少，而魏琛在比賽場上被這些高手打得有多狼狽，他也一直看在眼裡。實力不夠。

這個事實，其實早已經血淋淋地擺在他面前。他在新人堆裡的出眾，一點都不代表他能站上這個舞臺，和鬥神，和拳皇一決高下。

「一年。」黃少天忽然說道。

「什麼？」方世鏡在一旁沒聽清楚，團隊賽已經開始，比賽場內兩隊的支持者已經開始較勁，一片喧囂。

「再給我一年時間。」黃少天望著場上，已經戰成一團的兩隊強者，「一年之後，我和他們一決高下。」

「好，一年。」方世鏡用力點頭。看看黃少天，看看喻文州。一年之後，這兩個少年會將藍雨領向何處呢？無論魏琛現在在哪裡，他都希望魏琛可以看到。這，應該是你所期待的藍雨未來吧？

方世鏡的思維，已經飄到了一年之後，場上已經進入了白熱化的對決。

嘉世和霸圖，在這場本賽季終極之戰中，竟然都沒有根據地圖布置什麼戰術，就這麼十分粗暴地在地圖中央直接相遇，然後五對五的短兵相接，隨機應變，臨場發揮。

這實在不像是一場職業水準的比賽，簡直就是《榮耀》網遊競技場裡的一局五對五。那些臨時組成兩隊的玩家，自然不會講什麼部署，講什麼戰術配合，就會這樣直接地在地圖正中相遇，然後技術見紅。

想不到這場總決賽，最終竟然也要用這樣的方式決定勝負？

所有人都在驚訝著，都在想著兩隊是不是有什麼後招，但是場上兩隊的隊員卻都清楚，沒有後招，沒有什麼部署。這場比賽，就是要用這種網遊中最原始野蠻的方式分出勝負。

因爲這樣的方式，他們最熟悉。因爲這樣的方式，他們最不陌生，甚至包括眼前的對手，都讓他們彷彿一下子回到了那個還在網遊中打拚的年代。

嘉世戰隊，那是《榮耀》網遊中以嘉王朝公會爲班底的。葉秋領銜，與公會中的幾位知名高手，組成了這支戰隊。

霸圖戰隊，則是網遊中霸氣雄圖公會的班底。由韓文清率領，清一色也是他們公會中的高手。

早在網遊中，他們互相就不陌生。

早在網遊中，他們就一直是對手。

刷副本、搶BOSS、野外PK、競技場對決。

他們就是這樣一路一起走過來的，他們是對手，同時也是朋友。

而現在，總決賽，這個已經被視爲《榮耀》最高水準的舞臺上，他們兩隊相遇了。個人賽裡一對一對地廝殺，讓他們一下子回憶起了昔日網遊中的崢嶸歲月。而後他們很快意識到：能這樣相遇的機會，不會太多了。

兩年，這才兩年，《榮耀》聯盟職業化的飛快進程他們看在眼裡。培養新人、簽約轉會，這些制度在快速完善，各隊也在以越來越職業的方式壯大自己。很難再像最初一樣，靠相熟相近的朋友組成一套陣容。

所以，這可能是他們最後一次發生這樣的碰撞了。誰也無法預知他們當中的哪一位，會在這樣職業化的發展競技中被優勝劣汰，誰也不能肯定來年的賽場上，站在自己對面的，抑或是站在自己身邊的還會是同樣的人。

所以，就用這最高的舞臺，來緬懷，來紀念一下過去吧！

不需要溝通，不需要招呼。兩隊極有默契地以最快的速度相遇，廝殺在了一起。

網遊裡，他們就是這樣，向來都很珍惜時間，其疾如風，其徐如林？侵掠如火，不動如山？那當然不行，點卡在燃燒呢！

激戰。

放在職業圈裡，有些不成套路的激戰。

但是痛快、肆意。

不過即使是這樣，該有的講究還是必須要有。比如，雖然秉承網遊裡速戰速決的風格，但是誰也沒說就不帶治療了。那樣的話就太粗陋，太沒技術含量了。職業不職業先不討論，關鍵是會顯得很沒高手風範，很菜鳥。

於是，雙方都帶著治療，打出了這樣一場大混戰。一邊打著，一邊公共頻道裡也不閒著。當初網遊的時候，一邊打一邊語音直接開罵，何其痛快。職業賽不給開語音，必須文字輸入，說是為了把所有細節都呈現給觀眾。雖然這會浪費很多時間，但是眼下，有些話眞是不吐不快。

『發情你個××，這一手還是當年和我學的吧？』罵聲漸起，用的稱呼都是當年網遊裡互起的「暱稱」，發情，那就是嘉世這邊元素法師「法不容情」的簡稱。網遊裡嘛，都是叫網名的。眞名大家互相也不知道。

『××××，這××是我們老大開創的雛形。』

『雛你個××形，偷學老子不認？』

『認你個頭，你××。』

『×××。』

『×××××。』

一時間，公共頻道裡「╳╳」飛舞。在這職業賽場上，對髒話的遮罩力度自然是比網遊裡還要強大智慧得多。兩隊人殺得興起，叫罵也忘了規矩和限制，各種「╳╳╳」層出不窮，看得觀眾大做填詞遊戲，各種燒腦。

比賽就在這樣的瘋狂狀態中進行著。

倒下，不停地有角色倒下。

叫罵，只要還有一絲血在，就不會停止叫罵。

終於在一片目瞪口呆中，比賽變得有點寧靜，因爲場上終於只剩幾個人了。

霸圖，韓文清的「大漠孤煙」。

嘉世，葉秋的「一葉之秋」；吳雪峰的「氣沖雲水」。

而此時，距離團隊賽開始才剛剛過去五分鐘。一場全年最重要的決勝局，竟然只用了五分鐘，就要見分曉了。

二對一。

從局勢上看，結果很明朗了。可是在有過「大漠孤煙」一人打爆百花雙核的表現後，這個場面，觀眾再也不敢輕下結論了。

但是場上的選手，似乎並不這樣認爲。

『你看，這就是差距了。』「一葉之秋」在頻道裡說話，好難得，居然沒有╳╳。

『你身邊，缺個有實力的幫手。』「一葉之秋」繼續說。

一片譁然，這一通亂戰打出的結果而已，你這邊多活下來一人，還就上升到對方身邊沒有好幫手的高度了？霸圖戰隊除韓文清之外的其他選手個個可都不弱，都是網遊中就打出名氣的好手。

『不如轉會我們嘉世，我幫你啊！』「一葉之秋」又說。

再譁然，總決賽裡，這還公然撬起牆角來了？這還有沒有人管了？

不過說起來，這個邀請，真有點讓人動心吧？這可是來自冠軍隊的橄欖枝啊！這要成了，「一葉之秋」和「大漠孤煙」聯手？我去這畫面太暴力了，簡直不敢想啊！

觀眾看著跳出的文字已經開始浮想聯翩了，「大漠孤煙」這邊卻已經異常簡潔地回答了對方。

『滾！』

非常簡潔直率地拒絕，這讓霸圖戰隊的支持者們頓時鬆了一口氣。

『那就死吧！』「一葉之秋」喝著衝上，「氣沖雲水」跟著衝上。

「大漠孤煙」不退，迎上。

會再現一挑二的奇蹟嗎？

有人在期待著，但是……沒有。

葉修不是孫哲平，吳雪峰也不是張佳樂。

他們兩人的配合，沒有「繁花血景」那麼絢麗，但卻更加簡潔、自然、實用。讓人有時都意識不到那是一個配合。

「大漠孤煙」那一回合解決百花雙核有多快？「一葉之秋」「氣沖雲水」解決「大漠孤煙」就只會更快。只是一轉眼的工夫，「大漠孤煙」已然倒下。

『這要還收拾不了你，你都會瞧不起我吧？』「一葉之秋」說著，系統已經裁定了勝負。「榮耀」兩個大字，幾乎破開螢幕飛出，這是本年度最閃耀的一次「榮耀」。只是這決出的方式，讓人有點回不過神來。這場總決賽，讓人們有點不知道該從什麼角度去評論。它粗鄙簡陋，卻又真情流露。

這好像是對過去的一次道別。從此，這裡的每一個人，都將正式走向職業化的道路。

他們爭冠軍，爭勝負，爭一次又一次屬於他們的——決戰時刻。

Chapter 7
見證奇蹟的時刻

《榮耀》聯盟第二賽季的總冠軍——嘉世戰隊！

季後賽結束後，鋪天蓋地的報導隨之而來。嘉世，繼第一賽季後再度拿下總冠軍。

這個結果高於一切，可在職業選手們的眼中，這個結果卻另有一番微妙。

因爲那場總決賽。

那場團隊賽只用了五分多鐘就見分曉的總決賽。

任性！

這是從職業視角出發，對這場比賽最直觀的一個感受。被視爲《榮耀》最高級別的決戰舞臺，因爲兩隊的任性而失去了那種殿堂一般的光芒。表現出的是在《榮耀》網遊競技場內隨處可見的草根、草莽氣息。

因爲兩隊皆出身草莽，他們用這樣的方式對他們的過去做了一次完美的終結和告別。他們終將徹底踏上這個職業的舞臺，用職業的態度，保持職業的精神。

而這一切，有的人能感受到，有的人不能，還有的介於兩者之間。這是《榮耀》的一個時代變遷，每個人都來自不同的階段，都有著不一樣的心情和感受。但在未來的日子裡，所有踏上這個舞臺的人，都將只有一個共同的目標：勝利，冠軍！而每一個夏天，都是衝向這個目標的起點。

微草戰隊。

一個小時後，他們即將召開有關新賽季的發布會。戰隊在這個夏天做出的調整，新賽季的計畫和目標，都會在這個發布會上作出公示。不過微草戰隊所有成員都知道，最重要的，是借這次發布會推出一個新人，一個新賽季即將披上微草戰袍征戰，讓微草上下都備受期待的新人。

王杰希坐在休息室裡，等候著發布會的召開。

他會是今天的主角，但是他對此一點都不覺得緊張，也沒有覺得有多興奮。隊長稱讚他是天生的大場面選手，他也只是笑笑。他不知道如果自己眞的站在大場面的比賽中會怎麼樣，但這樣一個發布會，他沒覺得算什麼大場面——雖然他將是被捧的那個主角。

「小王，準備得怎麼樣了？」這時，微草的新聞發言人來到休息室，看到王杰希已經等在這裡，特意問了一句。

「沒問題。」王杰希說道。作爲主角，他當然也要在這發布會上發言講話。隊裡怕他一個新人應付不來，發言稿都是特意幫他準備的，照著說就可以。王杰希對於這樣的場面話並不是很喜歡，但是戰隊需要，那自然是要積極配合的。

「好，用不著緊張。我先去忙了。」發言人笑著說道。

「好的。」王杰希起身相送。

發言人在出門前，看了一眼王杰希捧在手裡的水杯。

「不要喝太多水。」他又叮囑了一句。

王杰希笑著點了點頭。戰隊對他的關心，眞是太無微不至了。

休息室隨即又只剩下他一個人。王杰希安靜地坐在那裡，沒有做任何事，直至房間門又一次被人推開。

方士謙。

微草戰隊上賽季的新人，立即就獲取了主力治療的地位。如果不是百花戰隊席捲聯盟的百花雙核孫哲平和張佳樂，他無疑是最令人眼前一亮的新人選手。

進入第三賽季，方士謙就不再是一個新人，對於才要進入聯盟的王杰希來說，更算得上是前輩。看到方士謙進來，王杰希下意識地起身問好。方士謙點了點頭，沒有說什麼，坐到了一邊。也不和王杰希說話，臉色陰晴不定地在那裡沉默著。

王杰希望著他的神色，也保持了沉默。

他記不清從什麼時候開始，方士謙就總是這樣一副不怎麼好看的臉色。好像，就是在季後賽被嘉世淘汰以後？王杰希覺得自己如果沒記錯的話，大概就是從那時候開始的。

起初他不以爲意，畢竟隊伍被淘汰，沒有誰會感到開心。可是現在距離季後賽結束已經快兩個月了，新賽季即將開始，所有人都已經在爲新賽季積極認眞地準備，方士謙，卻依然這樣一副悶悶不樂的樣子，這就讓王杰希覺得有點莫名其妙了。他和方士謙沒有什麼私交，自然不便多問。只是隱隱間覺得，方士謙的不開心，似乎有幾分針對自己的味道？

什麼原因？

王杰希不清楚。

哪怕是戰隊內最有可能產生矛盾的競爭關係，也不成立。方士謙的職業是治療，和其他選手幾乎不會有競爭上的問題。

方士謙也是要參加稍後的發布會的。因爲上賽季的出色表現，他現在也已稱得上是微草的當家選手。而王杰希，會是微草接下來要力捧的主力。總不會是因爲這種原因就對自己心有芥蒂吧？發布會在即，王杰希猛然想到這種可能，忍不住撓了撓頭，但終究無法說什麼。

兩人就這樣一言不發地在休息室裡悶坐著，直到房間的門又一次被推開了。

「隊長。」看到來人，方士謙已經飛快地站了起來，王杰希一邊站起身，一邊有些驚訝方士謙這飛快的動作。

「你們兩人都來了啊！」微草隊長林杰走進來，衝著兩人一笑。這次發布會安排要出席的選手，就是林杰這個隊長，還有方士謙這位微草上賽季表現出色的新人，以及本賽季微草將要力捧的新人王杰希他們三人。

「是啊。」方士謙看了王杰希一眼後答道。王杰希忽然注意到，在林杰面前，方士謙那有些陰鬱的神色一下子就隱藏起來了。

這傢伙，還眞是在衝自己擺臉色啊？

王杰希這樣想著，心下也難免有點不快了。

「嗯，你倆都坐吧！」林杰朝兩人示意了一下。

「隊長你坐。」方士謙讓到一旁，要林杰坐到他原本的位置上。

溜鬚拍馬嗎？

王杰希在一旁冷冷看著，已經坐回了他自己的位置，對方士謙更加不以爲然起來。

「你坐你坐你坐。」林杰卻是連聲說著，將方士謙按回到了他的位置上，然後隨手拉來一張板凳，坐到了兩人的對面。

對微草的這位隊長，王杰希就很有好感了。雖然說他的《榮耀》技術不能算很頂尖，和葉秋、韓文清那種頂尖大神更是沒法比，但是這絲毫不影響微草隊員對他的尊重。他不是憑實力，而是憑自己的人格魅力吸引著大家，領導著這支戰隊。至於自己旁邊這位，技術倒是很好啦，但是……王杰希已經在爲有這樣的隊友感到頭疼了。

「下賽季就要靠你們了呀！」林杰這時微笑著對二人說道。

「是。」方士謙馬上答道。王杰希則只是點了點頭。既然方士謙喜歡在隊長面前多表現，就讓他去搶這風頭吧！王杰希默默地想著。

「王杰希。」誰想林杰對方士謙點了點頭後，接下來的目光卻就全都落到了王杰希身上。

「隊長。」王杰希望著林杰。

「我和俱樂部方面都溝通過了，我們一致認爲，你可以承擔更大的重任。」林杰說道。

「啊？」王杰希稍有點茫然，不知道林杰這話是什麼意思。

而一旁的方士謙此時臉上閃過難過的神色。他知道那一刻就要來了。他實在不願意看到，甚至有幾次夢到隊長收回了這個決定，也找隊長談過共存的可能性。但是，最終一切都沒有改變，林杰依然堅持著他最初的決定。方士謙此時很有一股衝動——衝上去！阻止林杰繼續說下去。但是，他終究沒有如此幼稚，只能在一旁黯然神傷。而這些，正疑惑林杰話裡用意的王杰希就沒有留意到了。

「你呢？」林杰接著說道，「有沒有信心多承擔一些責任？」

「我還是不太明白。」王杰希依舊疑惑著，「多些責任……是指什麼？」

「『王不留行』。」林杰說。

王杰希一愣，只是聽到這四個字，他的心跳就忽然開始加速。

「王不留行」，林杰手中操作的角色，職業魔道學者，微草戰隊的核心角色。《榮耀》中有一個系統，叫裝備編輯器，可以讓玩家借此自行製作出超越遊戲設定中最高端的橙字裝備的自製裝備，因爲字色爲銀色，通常被稱爲銀裝。

而到目前爲止，在整個《榮耀》圈中，眞正做到超越橙裝價值的銀裝並不多，武器，也就是所謂的銀武尤其少。

鬥神「一葉之秋」手中的戰矛卻邪就是當中最爲有名的。從網遊進入職業圈時，他就是拎著這柄戰矛殺進來的，領先了很多角色一個層次。算上「一葉之秋」，圈中擁有銀武的角色依然屈指可數。

藍雨的「索克薩爾」，擁有銀武手杖——滅神的詛咒。

霸圖的「大漠孤煙」，擁有銀武拳套——烈焰紅拳。

再有皇風的「掃地焚香」，銀武戰鐮——即死領悟。

再然後，就是微草的「王不留行」，手中的銀武掃把——滅絕星塵。

如此，沒了。

因爲各隊都加大了對裝備編輯器的投入和研究。在新的賽季，或許將有更多的銀裝、銀武湧現出來。可在之前的兩個賽季，銀武，就這麼五件。

而「王不留行」和滅絕星塵，是最不引人注目的。因爲微草戰隊的成績不算十分亮眼，尤其是角色「王不留行」的表現，並不十分出彩。

這絕不是因爲「王不留行」不強，抑或是銀武「滅絕星塵」是水貨，而是因爲「王不留行」的操作者，微草的隊長林杰，水準眞的不能算拔尖。和掌握著其他四件銀武角色的四位操作者相比，似乎只能和上賽季狀態大幅度下滑的藍雨魏琛比一比。

而魏琛，在經歷上賽季糟糕的表現後，已經直接扔下戰隊狼狽離開了——至少外界都是這麼傳言的。

林杰的水準……不出眾，這不是什麼秘密，林杰自己也從不避諱這一點，甚至經常拿此來自嘲，說自己拖累了大家。

現在，林杰突然提到了「王不留行」。

時間好像在這一剎那停頓，休息室也在這一剎那變得極安靜。王杰希覺得好像聽到了自己的心跳聲，因為他隱隱意識到了那種可能。於是，這一剎那對他來說有點過於漫長了，直至他終於聽到林杰接著說下去：「我和俱樂部一致認為，『王不留行』交給你，是最好的安排。就是不知道你怎麼想？」

「我……」王杰希激動。這還能怎麼想？任何一位職業選手，對駕馭頂尖的角色，使用頂尖的武器，都只會充滿期待吧？

他的這副模樣，被方士謙看在眼裡了。他沒有說話，對於王杰希立即表現出的急切和熱情，他顯得有些厭惡。

但王杰希很快就平靜下來，他沒有一味地幻想著自己駕馭「王不留行」的情景，而是馬上想到了因此會帶來的另外一個衝突。

「那隊長你呢？」他問道。

而他的這一問，讓一旁的方士謙神色一暖。當然，此時的王杰希完全沒有心思去注意方士謙什麼表情。

「我？」林杰笑了笑，「你先不要管我，就先說你，有沒有信心駕馭『王不留行』。」

王杰希沉默了。

激動和興奮也只在初聽到這消息的一瞬間。這裡是職業圈，不是網遊，爆到一件好裝備就是純粹的發糖。在這裡，在微草戰隊，「王不留行」有著特殊的意義。

這是微草的當家角色，駕馭著「王不留行」的人，那就是微草的核心選手。

微草要給他的，並不是一件更加有趣的玩具，而是林杰一開始就說的——更大的責任。核心選手這個身分的責任。

在此之前，這個人是林杰。

他的實力不能算最強，但卻依然讓大家服氣。由此可見，核心選手，也不是說光有實力就可以，還得要有大家的信賴。

自己，可以嗎？

王杰希沒有馬上回答，他很認眞地低頭想了想，然後抬頭，望向林杰：「我想我可以。」

「好！」林杰笑得越發開心了。就在王杰希沉默的時候，他眞有一些緊張，他擔心王杰希會推託，他擔心王杰希會自信不足。雖然說信心也可以培養，但終比不上本身的自信滿滿。林杰對王杰希的期待可是很高的。

而現在看來，王杰希的沉默，不是在糾結猶豫，而是在思考，他在思考自己能不能擔得起這個責任，然後，他給出了肯定的答案。他不僅自信，還很理智，王杰希的表現，比林杰期待的還要好。

「很好。」他由衷地又讚揚了一遍，那麼對於接下來的安排，他就更放心了。

「既然這樣，那麼我就再給你加些擔子。」林杰說道。

「啊？」王杰希不解地望著林杰。

「連同我隊長的位置，一併拿去吧！」林杰緩緩地說道。

「隊長?!」王杰希驚訝地叫了出來，一旁的方士謙，更是直接站了起來。

林杰，非但沒有如方士謙夢中一樣更改決定，反倒做得更加徹底，他居然要連隊長的職務都交給王杰希，他是準備怎樣？想像藍雨的魏琛一樣離開嗎？這絕對是微草任何人都不願意見到的事情。

「我不同意。」方士謙不顧一切地叫道。

王杰希望向方士謙，他看到方士謙眼中的驚訝、不捨、拒絕，還有……恐慌。這一刻，他完全沒有理會王杰希，更沒有因爲王杰希的這個決定，對王杰希流露出什麼不服或是不爽的情緒，他的心思，全然集中在隊長林杰的身上。

王杰希頓時明白了。

方士謙這些日子以來一直鬱鬱寡歡，就是因爲早知道了林杰會做出這樣一個決定。他不是嫉妒王杰希會得到力捧，只是因爲林杰放棄了「王不留行」，讓出了核心角色而感到難過。也因此，對要接過這一切的王杰希流露出了幾分不爽。無非就是那種「如果不是你，就不會發生這些」的孩子氣了。

而現在，林杰竟然要將隊長的位置都交給王杰希，這一點看來是方士謙之前都不知道的。他驚訝，不安，以至於失態。因爲這一決定的背後恐怕會有更難以接受的事情。角色讓出來了，核心地位讓出來了，隊長也都不擔任了，這之後，林杰還有留在微草的必要嗎？

沒有！

那麼這一決定的背後，隱藏的就是林杰的退意，他是想將戰隊完全徹底地交給王杰希了。

「我不同意……」方士謙重複著。他當然也清楚他根本沒資格，沒立場說這話。但這就是他的態度，這就是他的想法。林杰交出「王不留行」，讓出核心位置，這都罷了。但是現在，他竟然準備離開？這個對他們所有人照顧有加，一直引領著他們努力向前的隊長，居然就這樣準備離開？

不同意！

不答應！

方士謙搖著頭，他希望林杰能快點收回這個決定。但是林杰卻只是微笑地看著他，笑容燦爛而溫暖。方士謙表現出色時，或是狼狽失意時，林杰都這樣笑著讚揚他，安慰他，鼓勵他。這笑容讓他安心，這笑容讓他很快地適應了職業身分，這笑容，讓他沒有辦法再鬧脾氣……

「這也是我和俱樂部溝通過的。」林杰看回王杰希，繼續說道，「當然，也要尊重你的意願。」

「但是……我希望你可以接受，因爲我覺得對微草而言這是最好的決定。抱歉，這樣做有一些自私，將所有責任都推到了你身上。」林杰接著說道。

「我……」這一次，王杰希眞的有些躊躇。他做好了成爲職業選手的準備，他願意接受一個強大的角色，他也願意試著充當一位核心選手。但是，作爲隊長來領導一支戰隊？而且還是一個新人，身邊的每一位隊友，都是比他更有資歷的前輩……

當核心隊員，只要有高超的技術實力，終歸還是可以應付的。可是當隊長，僅憑此那可就眞的不行了，自己，應付得來嗎？

王杰希有一點想推託，他看了一眼一旁的方士謙，發現方士謙也正在緊張，並且期待地望著他。

方士謙知道林杰認眞做出的決定，是不會因爲他胡鬧而更改的。那麼這種時候，只有一種機會，那就是王杰希自己拒絕。如此的話，林杰也一定不會讓王杰希爲難，他就是這樣一個人，從來不希望任何人覺得勉強。

王杰希立即看出了方士謙的期待。

這樣決定，似乎也蠻好的。王杰希想著，他也著實不願意林杰就這樣離開，他相信只要林杰還作爲隊長留在隊中，無論他上不上場，是不是核心，那都會是定海神針一樣的存在，會讓所有人覺得心安。
這樣，應該才是最好的安排吧？王杰希想著，已經準備開口推辭擔任隊長，但是，當他看向林杰……
在方士謙的眼中，有他的期待；同樣的，在林杰的眼中，也有他的期待。
他沒有鬧脾氣，沒有孩子氣，沒有任何私念地期待著，期待著王杰希的決定，他期待的是什麼，王杰希很清楚。他想推辭，那符合方士謙的意願，也符合他自己的意願，但是，就這樣讓林杰的期待落空？
林杰就那樣笑著，沒有給王杰希任何壓力。王杰希相信就算自己推辭，林杰也會極好地掩飾自己的失望，然後愉快地接受王杰希的決定，讓王杰希覺得自己做出了一個皆大歡喜的決定。
可事實上，並不是那樣的啊！
所有人或者都覺得歡喜，所有人都覺得開心，可林杰呢？
「我……」王杰希開口。
「接受。」他說道。
「你瘋了！」方士謙再度失態，跳了起來。他一直望著王杰希的神情，就在剛剛，他覺得王杰希似乎是要推辭林杰了，可是最終開口，他竟然選擇了接受！
這個傢伙！方士謙已有一些惱怒，而這一次林杰卻沒有顧上看他，就在王杰希說出接受的時候，他長長地出了一口氣，一種前所未有的輕鬆包圍著他。他也捨不得微草戰隊，但是捨不得不是一個好藉口。他是一個可以讓隊伍一團融洽的隊長，卻不是一個可以領導隊伍走向勝利的隊長。他們是在打職業賽，不是在玩扮家家酒，他們眞正需要的，是勝利，是冠軍，需要的是一個可以領導微草取得這些的人。

王杰希，就是這個人！

林杰堅信這一點。在這一點上，比起是否能在賽場上取得勝利，他要自信得多。

「那麼，一會兒的發布會上我們就直接宣布這個決定吧！」林杰愉快地說。

「好。」王杰希點頭。

一旁的方士謙冷著臉，只覺得手腳都是冰涼的。他怒視著王杰希，故意不去看林杰。

林杰看了他一眼，無奈地笑了笑。

「一會兒會有人來叫你們。」他站起身說著，然後向著門口走去，在拉開房間門後，忽又站住。

「我當了兩年微草隊長。」他沒有回頭，只是站在那說道。王杰希和方士謙一起望了過去。

「我想，這會是我做出的最正確、最英明的一次決定。你們，會是我一生中的驕傲。」

說完，他走了出去，沒有回頭，只是輕輕地帶上了房門。

方士謙站在那兒，愣愣地看著已經帶上的房門。沉默了良久，回頭，看到王杰希就站在他的身後。

「他從來都不會勉強別人。」王杰希忽然開口說道。

「你什麼意思？是他勉強你了？」方士謙眉毛一挑，惱怒至極。這個傢伙，接過「王不留行」，成爲核心，當上了隊長，難道還要說這都不是我想要的，這都是林杰強塞給我的？無恥！不要臉！

「不。」王杰希搖了搖頭，「他總是在勉強自己。」

方士謙一愣。

勉強自己？

他想了想，發現，或許眞是這樣。林杰的實力並不強，但他卻是微草的隊長，微草的核心。其他人只見到這個身分的光鮮，卻不知這個身分背上的擔子之重。職業競技，畢竟還是一個比拚實力的地方。他以不突出的實力，背負此等重擔，這，不就是一直在勉強自己嗎？

但是王杰希說這話是什麼意思？是暗指隊長實力不足以擔此重任，所以交出來理所當然嗎？

此時的方士謙，各種角度地揣摩著王杰希，王杰希這時卻已經繼續說下去。

「所以這一次，就讓我們每個人都勉強一下自己，如他所願一次？」王杰希說道。

如他……所願嗎？

是啊！

這就是隊長的心願啊！否則他又怎麼會一一提出？

而自己呢？是已經被隊長寵壞了嗎？只知道一味地想著自己所期待的，根本就沒有眞心實意地去替隊長想一想，他到底希望的是什麼。

可是王杰希，他想得到。

方士謙沒有忘記，那一刻，王杰希本也是要推辭的。但是最後，他接受了。因爲他看到了隊長的期待，所以最終他更改了決定，爲了成全隊長，他最終勉強了自己，就像隊長一直對他們所做的那樣。

方士謙看著王杰希，說不出話來，恍惚間覺得，林杰的身影似乎在和王杰希重疊。

房門就在這時被人推開。

「兩位，準備出席發布會了。」微草的新聞公關親自過來招呼房裡的兩人。

「好的，馬上。」王杰希說道。

「走吧！」他對方士謙說著，邁步向門口走出。

「喂。」方士謙忽然叫道。王杰希停步，回頭望向他。

「你一定要做到，不然的話我不會放過你的。」方士謙說道。

「那你也需要繼續努力才行。」王杰希說。

「這麼快就進入隊長的角色了嗎？」方士謙說。

「事不宜遲。」王杰希說。

「那你也不能忘了，我可是你的前輩。」方士謙說道。
「是的，還請前輩多多關照。」王杰希說。
「走吧！」
「走吧！」
兩人走出休息室，走向發布會。接下來要發生什麼，兩人都已經清楚。方士謙免不了還是會有一些傷感。但是，他也已經做出了決定。他不會再去做那些勉強隊長的事，他要去做那些隊長所期待的事。
再見，隊長。
你好，隊長。
發布會上，方士謙一直保持著微笑，望著他身邊的這兩個人。
微草新人王杰希，直接被任命為微草隊長，操作微草核心角色——「王不留行」！
新賽季開始前，這已經成了整個《榮耀》圈最受關注的話題。
冷不防冒出的一個新人，居然得到了這等待遇，這個王杰希，到底有什麼神奇之處？整個《榮耀》圈都在議論著這個話題，已經迫不及待地想看到這個新人在場上的表現。
「欸，這不就是那個傢伙嗎？」
難得，還有人能從發布會中就直接認出王杰希。

藍雨戰隊的黃少天，看到這則新聞時有些驚訝。他本來已經忘了這個自稱來自微草的傢伙，但是現在看到新聞卻立即想了起來，畢竟王杰希的雙眼，是很有特點的，很容易被人記住。

「隊長？操作核心角色？這傢伙這麼了不起？」黃少天繼續驚嘆著，身處職業圈，自然知道這兩個身分意味著什麼。而現在，王杰希作為一個新人竟然就已經獨立扛起。

「你好像和他約好了，這個賽季要場上見。」喻文州不知什麼時候來到了黃少天的身後。

「呃，這個問題嘛，看來我只好遺憾地放他鴿子了。」黃少天說道。在目睹過藍雨在季後賽的落敗後，他意識到自己自身實力還未足夠，已經決心要刻苦再練一年。這個賽季，藍雨並不準備把他推到場上，同樣的，還有喻文州。只不過喻文州一早就清醒地認識到自己未夠水準。

「這樣的話，他就已經領先你一年了，還不快點加強練習。」喻文州說道。

「來了。隊長的這套訓練方案，真是夠變態的。」他一邊起身向著喻文州走去，一邊抱怨。他口中說的隊長，已經不是魏琛，而是方世鏡，他將接過魏琛留下的「索克薩爾」，率領藍雨征戰這個賽季。但是誰都知道，方世鏡只是過渡，藍雨真正在期待的，就是這兩個少年。從這個夏天開始，就沒日沒夜地拚命練習著的兩個少年。

「下下個賽季，我們場上見。」正走到門口時，黃少天突然回頭，望著螢幕上正播放的王杰希在發布會上講話的鏡頭說道。

幾日後，《榮耀》聯盟第三賽季即將打響。

這個夏天，越發職業化的各大戰隊都在積極地調整、強化著自己。不過在外界看來，聯盟的形勢並沒有什麼太大的轉變。雖有比上賽季更多的選手轉會，以及簽約新人的加入，但是已經赫赫有名的幾大頂尖高手，卻依然固守著己隊的陣地。而他們，才是真正影響到對一支戰隊實力評估的大神。

兩屆冠軍得主嘉世戰隊，依舊是葉秋和他的「一葉之秋」領銜。

霸圖戰隊，也還是由韓文清和他的「大漠孤煙」坐鎮。

百花戰隊依舊要繼續他們的雙核打法。

皇風、呼嘯，這些上賽季進入季後賽的隊伍也沒有更改他們的核心陣容。

變化比較大的季後賽隊伍，就是藍雨和微草。

藍雨魏琛退役，最終填補這一空缺的只是隊中的自由人選手方世鏡。這在人們看來實力有所下降，對藍雨，這賽季抱有太高期待的人已經不多。

而微草，大張旗鼓地捧出了一個新人，又是核心又是隊長，整個隊伍似有讓人耳目一新的感覺。對微草，大家倒是抱有很高的期待，尤其是對那個新人會有怎樣的表現，這些天一直是《榮耀》圈最熱鬧的話題。

就在這樣的喧囂中，人們終於等來了第三賽季首輪比賽。微草戰隊將在首輪迎戰赫赫有名的皇風戰隊。第一賽季進入決賽，第二賽季雖折戟於季後賽首輪，但在人們心目中，皇風依然是支不折不扣的強隊。

因爲他們的隊長兼核心呂良仍在，因爲他們擁有《榮耀》少有的，持有銀武的頂尖角色，驅魔師「掃地焚香」。

微草那個王杰希的成色如何，就由皇風和呂良來驗證吧！人們都在如此想著。皇風因此也受到了很多關注，而這，卻讓皇風戰隊頗有幾分不爽。

「新人，隊長，核心？是眞有兩下子，還是搞噱頭？」首輪比賽前的備戰室裡，皇風戰隊的隊長呂良拿著對這一場賽事預測報導的報紙說著。

「呵呵。」隊裡有選手笑著，「微草原隊長林杰那水準，說實話，很適合換換人來搞搞噱頭嘛！」

「哈哈哈。」眾人笑。這玩笑刻薄了點，但林杰是隊長級的人物裡罕有的實力並不出彩的卻是事實。

「林杰人是很不錯的，但實力嘛，確實……」呂良沒下具體結論，但話裡意思所有人都懂。

「總之，場上見分曉吧！」呂良站起身道。

「對一個新人來說，你這口氣是不是太重了？」有隊員笑道。

「當心把對方嚇哭啊！」

「哈哈哈哈。」

所有人又笑成一團，呂良也不禁莞爾。是啊！說到底也是個新人啊！自己這麼說，倒是顯得有些不瀟灑了。

與此同時，微草戰隊的備戰室裡，氣氛卻要冷清得多。

這是他們新賽季的第一戰，備受矚目的一戰。作爲微草隊友，大家都知道林杰爲何會對王杰希這麼看好，他們也願意相信林杰做出的決定。只是現在，如此備受矚目的一戰，就連他們當中打過兩個賽季的老選手的心情都不能平靜，這場比賽對王杰希而言，壓力確實大了點。偏偏他還是隊長的身分，照理說整個隊伍隊長是最不能被壓力壓垮，是需要在任何時候都可以站出來點撥隊友的角色。讓隊員們反過來去安慰、鼓勵隊長？大家紛紛覺得有些不適應，也就不知道說什麼好了。

「喂，這可是第一戰啊，你準備好了嗎？」最後開口的還是方士謙，沒安慰、沒鼓勵，就是這麼大大咧咧地問了句，口氣中挑釁的成分倒是多些。

「大家都準備好了嗎？」王杰希望向所有人。

「嗯？」所有人一愣，我們都在擔心你啊新人隊長。

「一起努力。」王杰希說。

「好。」大家紛紛點頭。

「你得加倍努力。」方士謙卻還要戳著王杰希說話。

「你必須證明隊長的決定是正確的！」他用毋庸置疑的口氣說著。他所說的隊長，當然還是指林杰，到目前爲止，他還沒有當面稱呼過王杰希隊長。而林杰在那之後眞的就離開了微草戰隊，問他將來的打算時——

「你們管呢？」一臉輕鬆的林杰第一次這樣毫不客氣地無視了所有人的關心和好奇，就此告別了大家。

而現在，聽著方士謙這句話，其他微草選手都快哭了。你這傢伙，不安慰、不鼓勵就算了，居然還繼續給王杰希施加壓力，你這是賣隊友呢？

「好。」王杰希卻只是點頭，應了一聲。說太多也沒用，一切，都需要用場上的表現來說話。

「時間差不多了，走吧！」

幾乎在差不多的時間裡，兩隊的備戰室裡同步出現了這樣的提示。兩隊選手起身，走出備戰室，在選手通道中列隊相遇。

「你就是王杰希？」呂良看著身邊，站在微草隊伍最前的新人。

「我就是。」王杰希當然知道所有人對他的好奇，皇風戰隊排在隊伍後邊的選手都在踮起腳向這邊張望著！

「緊張嗎？」呂良問道。這是前輩對新人常有的對話，發生在兩隊隊長之間那可是極其罕見的。這話一問，皇風戰隊裡就已經有人輕笑出來。

「還好。」王杰希不鹹不淡地回答著。

「期待你在場上的表現。」於是，呂良也淡淡地說了一句。

「同期待。」王杰希說。

「不會讓你失望的。」呂良笑了笑，這個新人的模樣，他有些不喜歡。

隨後雙方選手出場。

這個賽季開始，《榮耀》聯賽有了電視直播。

不過這也絲毫沒有降低現場的滿座率。現場觀戰的氛圍，那是網路直播和電視直播都無法比擬的，更是無法取代的。

不過無論從現場還是電視直播中播報員激動的語調，都可以看出大眾對這一場比賽的期待。只可惜到目前為止各方對王杰希所知甚少，沒有什麼動人的解說詞可用。於是，他的對手中的重點，大神級選手呂良，就撐起了更多的解說內容。

「王杰希的處子戰，就遇到了很大的挑戰，就和他現在所背負的責任一樣啊！」播報員最後出言感嘆著。

而後，大家就開始關注雙方的出場安排，關注王杰希什麼時候登場亮相。通常來說，核心戰鬥選手都會在擂臺賽的第三順位出戰，來爭奪擂臺賽的兩分，當然也不乏放到個人賽裡來確保一分的。

皇風呂良是大神級，那是自然排到擂臺賽第三順位確保兩分的。他希望可以在個人賽裡就遇到王杰希。當然，首先王杰希得在擂臺賽出場，然後，得見到他這個第三人。

個人賽率先開打，觀眾們齊盯著微草這邊的出賽名單。

第一個……不是王杰希。

第二個……不是王杰希。

第三個……還不是王杰希。

所有人都只等著王杰希上場，至於個人賽最後打成二比一，誰二誰一，很有一部分觀眾都忽略了。

要進擂臺賽了嗎？

呂良看微草個人賽出場三人都不是王杰希，心下想著。這樣的話，他是有機會碰上了，不過……

擂臺賽很快開打，微草第一個出場的不是王杰希，幾分鐘後，敗下陣來。跟著第二個人上陣，大家再一看，還不是王杰希。

如此看來，那就是第三位守擂了，還眞是核心級選手的安排。只是這樣的話，把一個殘血的「王不留行」送到自己面前，沒多大意思啊！呂良開始猜王杰希可能是要進擂臺賽後才出場，他擔憂的就是這一點。在皇風拿下第一回合後，如此機率自是大增，但呂良總不能盼著自家選手落敗吧？

不過這一戰還眞就是皇風的選手輸了，然後第二順位的上陣，選手張林，控制角色彈藥專家「閃存」，用了半血，殺敗了微草第二順位，而後，就等微草擂臺賽的主將了。

是誰？

萬眾期待，這要不是王杰希，所有人都會很失望，同時也會對王杰希所謂的核心地位有所懷疑。

終於，所有人看到了他們所期待的名字——

王杰希。

微草戰隊擂臺賽第三順位，核心選手最典型的安排，王杰希作爲隊長，正是這樣安排自己的。

而擺在他面前的任務，可就無比艱巨了。

場上皇風擂臺賽第二人張林的「閃存」還有一半生命，在他之後，更有大神級的呂良和他滿血的頂尖角色「掃地焚香」隨時恭候。

「這……」對王杰希就算再有期待，也不好指望他在這裡拿下兩分了。這種形勢，如果出戰的是葉秋，大家期待一下還顯得合情合理一些。

「呃……」看到是這樣的形勢，個人賽事裡不上場的方士謙又要開口講話了，所有微草選手盯著他，這傢伙，不會在這種局面下還給王杰希壓力吧！這裡贏不下兩分，誰也不會覺得有什麼不妥的。

「不要太難看。」方士謙到最後，終於只是彆扭地來了這麼一句。沒做不符合邏輯的期待，但是終究還是要給王杰希加加擔子。

王杰希卻只是笑了笑，邁步走向賽臺。

這，就是自己的第一戰。

王杰希聽著場館內因爲他出場而一下子提高了很多分貝的喧囂。在此之前，他都是在觀眾席上感受這一些，而現在，他卻成了喧囂的製造者。

也就是這樣吧！

他心下想著，雖然耳邊很喧鬧，但是他的心情很平靜。此時的他，比較在意的就是林杰有沒有在哪裡看著這場比賽。他希望林杰有在看著，親眼見證自己做出的決定沒有錯。

擂臺賽第四回合，開始！

『新人隊長，我來了哦！能做你的第一個對手，我感到十分榮幸。』皇風的張林一開場就在公共頻道放垃圾話。

『來了。』王杰希沒有無視，淡定地回應了一下，「王不留行」已經衝出。

張林卻沒有讓自己的「閃存」直接迎上，而是選擇了迂迴。

直接正面對抗，怎麼能讓新人領略職業賽的殘酷呢？當然是要讓他見識一下職業水準刁鑽的陰謀和戰術啦！

他計算了一下「王不留行」大致的移動速度後，就已經迂迴選好位置埋伏了。在微微露出的視角中看到「王不留行」已經筆直地從中路衝上。

還不就是個新人？

看到「王不留行」就這樣從他「閃存」的掩身之處掠過，張林不以爲然地想著，「閃存」已經準備跳出，那樣將正好偷襲「王不留行」的後背。

但在現場，在電視直播、網路直播，所有觀看著比賽的地方，卻都已經響起了驚呼聲。

因爲「王不留行」剛一從「閃存」埋伏的位置掠過就已經變向，駕著掃把飛在半空。

張林操作「閃存」從埋伏處跳出，端起槍，卻目瞪口呆地發現視角裡竟然沒有人。

「砰！」

跟著他就聽到一聲瓶子碎裂的聲音，跳動著火焰的熔岩，竟然直接濺到了他的眼前。

「王不留行」的這個熔岩燒瓶，直接就砸在了「閃存」的頭頂。

張林已知對手消失去了哪裡，一邊後跳一邊慌忙拉起視角，槍口舉向上空，結果，沒有！

上空居然也沒有？

見鬼了？熔岩燒瓶難道不是從這個方向丟下來的？

張林再次目瞪口呆，但是局外的觀眾卻都看得清楚，早在他抬起視角時，「王不留行」就已經從他的頭頂斜掠飛過，此時，是在他的身後。

啪！

滅絕星塵名字酷炫，但到底還是一個掃把。這一下背身攻擊將「閃存」從頭掃到了腳，徹底至極，跟著反向再一刷——清掃！

魔道學者浮空技能。

「閃存」頓時不只被背身攻擊，還被浮空了。

跟著驅散粉、寒冰粉……各種魔法藥粉紛飛，滅絕星塵像是要清掃這些藥粉似的不住揮舞著，然後就聽「啪啪啪啪啪」的聲音不絕於耳，掃把不住地掃到「閃存」身上，掃啊掃啊掃，生命就沒有了。

「我去！」張林繼續目瞪口呆，忍不住叫罵出聲。

居然死了？

居然就這樣死了？

他也是一個打了兩年職業賽的職業選手，但是現在，連對方的人影都沒看到，居然就被幹掉了？

張林太過於驚訝，思維都不嚴謹了。王杰希的「王不留行」他還是有看到的，就在他將「閃存」埋伏在那裡，得意洋洋看著「王不留行」從旁衝過的時候。

「什麼情況啊？」退下場來的張林，問著自家的隊員，他幾乎要懷疑王杰希有作弊了。隊員也沒多解釋，指了指空中的電子大螢幕，讓張林自己看。電子大螢幕上正在反覆重播「閃存」被「王不留行」一氣呵成幹掉的情景。半血的彈藥專家，就算是被貼身了有些不利吧，但直接被連死，還是有些狼狽、慘烈的。

「這傢伙，怎麼知道我在哪兒？」張林看了重播，還是不解王杰希怎麼看出他的埋伏了。

「也不是知道你的準確位置。只是，正面過來沒遇到你，猜到了你在埋伏。於是瞬間拉高，然後你自己就已經跳出，再然後，就是你看到了……」隊友說道，這些都是他們看著比賽一起分析得出的結論。

「這……巧合嗎？」張林不知道說什麼好。正巧自己跳出的時候對方拉高，然後對方更快速地發現他並做出攻擊？

「也不能算。」隊友說，「就算你不跳出，他拉出的高度也足夠發現你了……」

「對方是魔道學者啊，你的那個選位……」所有人齊齊搖頭，但是說實話，在張林選位後第一時間就覺得這個選位有欠考慮的人，還眞沒有。

「一個新人啊……我哪知道……」張林爲自己辯解著。他有些輕視對手，大概就是因此做了一個不夠百分之百用心的選位吧？他如此想著。

而討論也到此爲止了，因爲擂臺賽的決勝回合即將開始。皇風的主將呂良出戰，對陣王杰希滿血的「王不留行」。剛剛那一場勝出，他一點生命損耗都沒有。

這本該是呂良樂意見到的，可是王杰希這樣輕鬆地就將他們皇風半血的角色擊殺，卻讓他也覺得有幾分不爽。

『小鬼，有兩下子嘛！』一進比賽，呂良就在公眾頻道裡放話，準備以前輩的姿態，好好指點王杰希一番。那自然就不會像張林那樣想著打什麼伏擊，呂良操作著「掃地焚香」筆直在中路向前，看到王杰希的「王不留行」也是如此騎著掃把飛來。

『來吧，讓我看看你的手段。』呂良的「掃地焚香」站定，並不先攻，而是等候「王不留行」上前，他準備後發制人。

『來了。』王杰希卻不和他謙讓，「王不留行」飛至「掃地焚香」身前五個身位格時，忽然打出一個魔法彈。

『就這樣？』呂良一邊打字一邊輕鬆閃避，蓄勢就要反擊。誰知在閃避視角晃動時，「王不留行」突然升高，猛然就從呂良的視角裡衝出。

『又來這手？』呂良敲著鍵盤，順帶發了一個冷笑的表情，依然沒有影響到他對角色的操作。

升天陣！

「掃地焚香」用手中的即死領悟畫出一個圈，一圈藍光頓時升起。他根本沒有抬起視角去找，只用這個升天陣的攻擊，就要將「王不留行」給捉下來。

結果這一瞬間。

又是現場，又是電視直播，又是網路直播，又是所有觀看著比賽的地方，齊齊發出驚叫聲。

「王不留行」，騎著掃把飛在半空的「王不留行」。就在升天陣藍光升起的一瞬間，忽然揮舞掃把，身形頓時向旁一偏，跟著再一揮，「王不留行」頓時急向下墜。升天陣的藍光掠過「王不留行」的身邊，那模樣，看起來像是「王不留行」在踏光滑行一般。

呂良的「掃地焚香」這時才施施然地抬頭，舉起視角，他已經準備好了下一步攻擊，而此時的「王不留行」，當然應該是被升天陣打成浮空狀態的。

「砰」！

「啪」！

接連兩聲。

「砰」，是熔岩燒瓶，正砸到「掃地焚香」抬起的臉上。
「啪」，是滅絕星塵，緊跟熔岩燒瓶之後，拍在他的臉上。
呂良頓時視角一黑——被掃把蒙到角色眼上了，那視角能不黑嗎？
他慌忙要操作角色抽身退開，但是跟著下身又被掃了一下。
清掃！
又是這浮空技能，於是「掃地焚香」也浮到了空中。
整個過程並不完全相同，空中變向，貼著升天陣藍光滑下，整個過程比起之前直掠張林「閃存」的背後要賞心悅目得多，但是最終的結果卻是一樣。「熔岩燒瓶」砸頭，掃把從頭掃到腳，清掃浮空。
那麼再然後呢？
再然後果然又是魔法藥粉漫天飛，掃把「啪啪啪啪啪啪」地響。
不會吧？
觀眾目瞪口呆，難道呂良也要這樣就被啪啪掉了嗎？
沒有，當然沒有。
呂良不是張林。
驅魔師也不是彈藥專家。
被掃在空中連打，但是呂良還是很快抓到一個機會。

星落！

就在空中的「掃地焚香」，那邊武器拋向空中的過程都省了，一出手，即死領悟便如流星墜下，直朝「王不留行」釘去。

但是「王不留行」掃把又一拍，身子就已從流星旁掠過，跟著又揮舞了兩下，空中兩次變向，兩個折向，呂良飛快地轉視角，轉得都快把滑鼠扔出去了。

追不上，他的視角依然追不上「王不留行」的動作。因爲「掃地焚香」還在空中，身子不可能隨意轉動，轉動視角也就是扭扭脖子，自然就有轉不到的角度，《榮耀》就是這麼眞實。

而王杰希，竟然就對這眞實有著準確的判斷。「王不留行」閃過星落後兩次變向，以不可思議的角度，眨眼間就已經鑽到了呂良無法看到的死角。

「這傢伙……是在變魔術嗎？」

現場的觀眾席上，有人不由自主地驚嘆著。

「變魔術嗎？」離他不遠的位置坐著的微草前隊長林杰，聽到這話之後很是贊同，「對啊，很恰當的比喻啊，我怎麼一直都沒想到呢？」

場上，「啪啪啪啪」聲又起。魔道學者的特點是各式各樣的魔法道具。然而在眼下這場對決中，大家看到更多的是「王不留行」各種匪夷所思卻又精準至極的走位。起初還只覺得變化多端比較好看，但在各路轉播給切出了一個呂良的主視角後，大家才徹底領略到這走位對於王杰希的對手來說是多麼的難受。呂良，這個經驗不可謂不豐富的大神級選手，已經完全被王杰希給轉瘋了。百分之八十的時間，他的視角裡都沒有「王不留行」的身影，他的各種應對也越來越沒章法，始終沒有製造出明顯的威脅。

不，準確地說，也不是沒有。

開場時的升天陣，還有第一次被掃到浮空後，伺機放出的招數星落……

這些應對，對絕大多數人來說都是很有效的威脅。在遇到升天陣的時候，恐怕眞就升天飛起了；在遇到星落的時候，恐怕也就被釘到地上了。

但是王杰希沒有。

憑藉精準的走位，不管是升天陣還是星落他都躲過了。而這些攻擊看起來更是展示他的道具，將他那魔術般的走位襯托得更加華麗酷炫的道具。

就這樣，呂良落敗了。他唯一做出的成績，就是沒有讓王杰希滿血擊敗自己。「王不留行」終究還是被他的應對奪去了一些生命值。

現場鴉雀無聲。

呂良，大神級的選手，居然敗得如此慘烈？

王杰希，這傢伙的魔道學者打法是怎麼回事？

現場遲遲沒有什麼聲音，只聽到播報員充滿激情地、奮力地吶喊著。

「魔術，這簡直就是一場魔術表演！」不知怎麼靈機一動，讓他忽然想到了這個詞，頓時覺得貼切至極，立即開始反覆強調。

「對哦，眞的就像魔術一樣……」所有觀眾也極其認可這個描述，就在王杰希從比賽席中走出的時候，掌聲終於在整個場內響起。「魔術」、「魔術」的歡呼聲此起彼伏。

就在那一刻，王杰希的打法被視爲魔術。

就在那一天，王杰希有了一個綽號，叫「魔術師」。

「這算什麼？」藏在觀眾席裡的林杰笑容滿面，卻偏偏還要不以爲然，「接下來的這個賽季，才是見證奇蹟的時刻啊！」

Chapter 8
傳承

「贏了，又贏了！」

「誰贏了？」

「微草，當然是微草！」

電視前，電腦前，榮耀網遊內，遊戲論壇，微博，ＱＱ群……

但凡是有人聚集的地方，但凡是有榮耀玩家出沒的地方，微草獲勝的消息，像炸開了鍋一樣傳遞著。

榮耀職業聯盟第三賽季，常規賽最後一輪，備受矚目的微草戰隊沒有令人失望。在已經提前鎖定季後賽席位的情況下，他們依然認眞拿下了常規賽最後一場的勝利，最終以常規賽第三名的成績，挺進了季後賽。

季後賽，對微草戰隊而言並不算新鮮。可是這支微草戰隊，在人們眼中卻是一支全新的微草戰隊。

而事實上，他們僅僅是換了一個人。

微草的隊長，核心角色王不留行的操作者，現在換成了一個新人。而這位新人的名字，早已和他的那個綽號一起，響徹整個榮耀圈。

魔術師，王杰希。

這是專屬於他的封號，甚至與他掌控的角色無關。他那才華橫溢，匪夷所思的打法有如魔術，別說那些想要效仿的網遊玩家，就是職業圈，也根本沒人可以參透其中奧秘。前輩們的經驗，在這前所未見的全新打法面前紛紛繳械，一位又一位成名高手，敗在了王杰希的王不留行之下。

他是一位新人，原本人們賦予他的，是挑戰者的角色。

可是當賽季結束時，挑戰者，卻已經暗暗變成了一位征服者。

誠然王杰希也不是百戰百勝，但是競技場上，從來都沒有這樣的勝率，強如葉秋，也不可能。

榮耀職業圈，人們看到的是太多選手面對王杰希時的束手無策。

榮耀網遊圈，雨後春筍般冒出的魔道學者帳號，在爭相效仿了一番魔術師後，最終紛紛淪爲棄號。他們無法複製王杰希的魔術打法，而這樣的魔道學者，自然無法綻放出他們原本期待的光芒。

而現在，獨一無二的魔術師，即將踏上新的征程。

「季後賽，魔術師駕到！」黃少天念著電子競技週報上的大標題，作爲國內最權威的電子競技媒體，將王杰希作爲本賽季常規賽收官報導的主角，可見其對王杰希的期待。但是黃少天看過這標題後，隨意掃了兩眼內容，更仔細的卻是看著報導中的選手照片，最終罕有地露出惆悵失落的表情。

「那傢伙，已經走到這種地步了呢。」黃少天將報紙扔到桌上，雙手墊到腦後，望著天花板嘟囔著。

一旁電腦前端坐著仔細觀看一場榮耀比賽，一邊時不時還在桌上的筆記本上做些手寫記錄的喻文州，聽到黃少天的嘟囔後，暫停了比賽，扭頭看來，正掃到那報紙上斗大的標題。

「魔術師，名副其實。」這便是他看完之後的反應。

「你這傢伙……」黃少天似乎有些不滿喻文州的反應，坐直了身子，「你對他有什麼研究？」

「他……」

「少天！」

喻文州剛要開口，又一位藍雨的新人少年卻在此時闖進了訓練室，大喊著黃少天的名字。

「技術部那邊，給夜雨聲煩做出銀武了，隊長喊你去看。」衝進來的少年呼聲未落，就已經緊接著叫道。

「什麼？」黃少天雙眼立即瞪起，從座椅上一躍而起。

「走吧走吧。」他叫嚷著，早把剛問喻文州的問題給忘了，飛一般地衝了出去。

剛說了一個「他」字的喻文州，也只能搖頭苦笑，目光回到電腦，正準備取消暫停繼續觀看比賽，那個來叫黃少天的少年卻在此時叫起了他。

「文州，你不去看看嗎？據說是有神祕人士在網遊中寄給了藍溪閣很多珍貴的稀有材料，技術部那邊才能一舉製作出銀武呢！」少年說道。

「神祕人士？」喻文州一愣。

「是的。」少年肯定地道。

喻文州的目光落到了訓練室一個空盪盪的位置，落到那臺久無人用的電腦上。

在那人以那樣的方式離開後，原本屬於他的位置，屬於他的電腦，就這樣被閒置了。所有人都心有默契的不去坐那個位置，用那臺電腦，好像那個說了一句「我走了」就再也沒有回來的傢伙，有一天會忽然又坐回到那個位置似的。

「其實你……並沒有眞的離開吧。」喻文州忽然也開始自言自語，神情像是之前黃少天那樣，有些惆悵。

「文州你去不去啊？」那少年卻已經等得有些不耐煩，再次催促起來。

「去，去看看。」喻文州合起筆記本，站起身，快步走到門口。那少年早把門拉開在等著他。抓著門把的右手五指就這片刻都不得安寧，異常靈活地不住活動著，像是在操作著滑鼠、敲打著鍵盤一般。

「手速很快。」喻文州看著他那不安分的右手，笑道。

「這個話題，我還是和少天討論吧……」那少年說道。

喻文州笑了笑，他的手速已是人盡皆知的慢，而且無論如何練習都沒有明顯提高，看來就是天賦所限了。只不過現在藍雨已不會有人因此輕視他。因爲沒有人能以這樣的手速，這樣的APM在他們這圈中取得勝利。很顯然，喻文州有著他們所不具備的才能，足以彌補他手速缺陷的才能。

而眼前這少年如此說話，也不是嘲笑，只是他的性子有些促狹。隊長方世鏡說在這一點上，他很有幾分那人的風采。這讓喻文州很懷疑方世鏡是不是因此才在挑戰賽中挑中他，將他帶到了藍雨的訓練營。

不過就算只論天賦和技術的話，方世鏡的這個決定也沒有任何值得令人詬病的地方。

「如果單算右手的APM，他的手速還在少天之上。」這是方世鏡對他很重要的一句評價，事實，也確是如此。

「走吧，方銳。」喻文州沒去接少年那句捉弄，只是走出門後叫著他。

藍雨戰隊，技術部。

對於任何一家職業戰隊，研究各種職業帳號以及裝備的技術部，都是從不會對外人公開的機密重地。

藍雨戰隊，自魏琛在榮耀網遊中認識黃少天，將他帶入藍雨訓練營後。技術部的工作就多了一項重中之重。

打造夜雨聲煩，這個屬於黃少天的劍客角色。

而今天，這重中之重的工作，終於完成了其重中之重的一項。

武器！

獨屬於夜雨聲煩的自製武器，也就是俗稱的銀武，終於開發出來了。

這可不是榮耀玩家在網遊裡胡亂弄一堆材料或是依著什麼低端配方弄出來的，除了銀色字樣以外其他資料一塌糊塗的自製武器。這是真真正正，可以將一個角色與尋常角色拉開差距，將其實力大大提升的銀武。

喻文州和方銳走進技術部時，發現屋裡一片安靜，眾人圍在一臺電腦前，沒有人出聲。連二人進來，也只是有人回頭看了一眼，就迫不及待地轉回目光了。更多人，卻是連頭都沒有回一下。

兩人湊上前，好不容易才從人縫裡看到被眾人圍著的電腦螢幕。

黃少天就坐在電腦前，極少見的保持著安靜。

螢幕上，一柄光劍緩緩旋轉著，劍身彷彿一滴被拉長的雨滴，自劍柄滴淌向下，散發著幽藍的光芒和絲絲寒氣。

安靜地沉默了不知道多久，黃少天終於開口，從來能說兩句就絕不會只說一句的他，這次卻只說了一個字。

「讚！」

「試試吧。」就在他身後的藍雨隊長方世鏡說道。

黃少天點頭，飛快地將光劍從自製器中取出，裝備，馬不停蹄地直入競技場，飛快進入了一場競技場的比賽。

對決開始，幽藍的劍光開始在夜雨聲煩身遭環繞，沒有人注意對手是什麼人，也沒人留意他的職業，所有人眼中就只有夜雨聲煩掌中的劍，看著它被揮舞著，跳動著，刺殺著，最終在血花中收回，結束了這一場對決。

「太棒了！」這一次，黃少天說了三個字。

「有了它，下賽季讓我給他們好看。」黃少天跳上了板凳，「什麼鬥神、拳皇、繁花血景、魔術師……都給我等著吧！」

「好！」沒人去阻止黃少天這興奮的舉動，對於藍雨的人來說，他們期待這一天已經很久。這個賽季，魏琛離開，方世鏡接管戰隊，藍雨最終連季後賽都沒闖入，在外人看來，藍雨似乎青黃不接，似已要褪下強隊光環。

但是藍雨自己卻從來沒有人這樣認爲。

哪怕這個賽季他們成績不佳，哪怕這個夏天他們幾乎被遺忘。但是他們都堅信，藍雨戰隊會有屬於他們的時刻。而這一刻，隨著眼下這柄銀武的誕生，即將嶄露頭角。

「看你的了少天！」技術部的工作人員紛紛說道。

「那還用說？當然啦！」黃少天叫道，但是很快還是捨不得只是如此簡單嘗試這新誕生的銀武，迫不及待地坐回位置，重又開始操作，一邊同一旁的技術人員開始喋喋不休地討論。

隊長方世鏡卻在這時默默退出了人群，站到了喻文州的身旁。

「準備好了嗎？」他忽然開口。

喻文州望向他，方世鏡卻在望著窗外，望著那片蔚藍的天空。

「好了。」喻文州答道。

「那麼也是時候交給你了。」方世鏡說著，目光移回，手裡似是早已備好的帳號卡，被遞到了喻文州手中。

「從今日起，你就是藍雨的隊長，術士，索克薩爾。」

Chapter 9

神話的開始

「去年是繁花血景，今年又來個魔術師，人丁興旺啊！」望著第三賽季挺進季後賽的八支隊伍名單，葉秋忍不住感慨著。

「不過第一還是我們嘉世。」葉秋說著。身爲嘉世的隊長，他說著這話，口氣聽來卻也沒有多少誇耀的意味，就只是陳述一個事實。

「霸圖第四。」葉秋身邊，和他一同看著積分榜最終排名的韓文清冷冷說道。

「這可不値得驕傲啊。」葉秋隨口應道。然後就感到兩道咄咄逼人的目光直朝他射來。

「哦，我懂了。」葉秋看著積分榜說道，「我們第一，你們第四……」第一和第四，意味著兩隊將在季後賽劃入同一半區，最終能闖進決賽的，只可能是其中一隊。

葉秋點了點頭，看向韓文清：「這一次，你們連決賽都進不了了。」

「試試看。」韓文清說道。

「屢戰屢敗，屢敗屢戰，精神可嘉。」葉秋笑道。

「你不要怕就好。」韓文清道。

「您說笑了。」葉秋依舊笑著。

「場上見。」

「場上見。」

兩人握了握手，告別。葉秋走出榮耀聯盟總部的大門，轉了個彎，在人行道上獨自走著。

從不接受媒體採訪的他，至今依然隱藏著身分。哪怕是從聯盟總部走出，也不會有人知道這個年輕人便是已經連續拿下兩屆榮耀總冠軍，正在統治著這個聯盟的鬥神一葉之秋。

沿著人行道走了會，轉進僻靜的小路後，葉秋放慢了腳步，點起了一根菸。

「咳！」

「咳咳！」

一根菸尚未抽完，身後傳來咳嗽聲，好像很怕人聽不到似的，一聲之後，更用力地又咳了兩聲。

葉秋回頭，看到從那道不起眼的小門中走出的吳雪峰，正在朝他走來。

「至於嗎？這又沒什麼人。」葉秋笑道。

「你要是不介意，我當然也無所謂。」吳雪峰也笑著。

這才第三個賽季，榮耀聯盟的發展就已呈如日中天之象。國內最權威的電競媒體電競之家，每週發行的電子競技週報百分之八十的篇幅都是對榮耀職業聯盟的報導。今年更是根據聯盟的賽程，調整了報紙發行的日期，由此可見榮耀聯盟眼下在電子競技圈的地位。

水漲船高，榮耀電競的選手們也都成了被人追逐的明星。像吳雪峰這樣屬於冠軍隊的選手，走在街上輕而易舉就會被人認出，這才大門不走，而要從這僻靜的偏門進出。

「早知道，我就該和你一樣。」吳雪峰一邊朝葉秋走來，一邊抱怨著如今出行都像做賊一樣的難堪。

「反正你也快解脫了。」葉秋說道。

這話似是勾起了什麼，吳雪峰沉默了，整個街道都是靜悄悄的。兩人默默地向前走著。

「天下無不散的筵席。」半晌後，吳雪峰這才忽然開口道。

「當初蒼天ＡＦＫ的時候，也是這樣說的。」葉秋說道。

「老兄我這叫退役好嗎？麻煩你專業一點。」吳雪峰一頭黑線。

「都一樣的。」葉秋叼著菸，淡淡地說著。

榮耀網遊三年，職業聯盟三年，吳雪峰一直是葉秋身邊最可靠的朋友。雖然在鬥神一葉之秋的光芒籠罩下，氣功師氣沖雲水的聲名並不是特別響亮，但是葉秋自己很清楚，這個朋友，這個隊友，對他，對嘉世有多重要。

可是現在，就如吳雪峰剛剛所說，天下無不散的筵席。吳雪峰的榮耀生涯，他選擇到此為止。這個季後賽後他將宣布退役，徹底告別這個他活躍了六年的世界。

「有什麼打算？」葉秋問著。

「大概會出國。」吳雪峰說道。

「哦。」葉秋點點頭。他也只能問問，對於未來的選擇他沒什麼經驗，給不了朋友什麼意見。

「最後一次，拿個三連冠送我。」吳雪峰說道。

「應該的。」葉秋笑著。

「我看了最終排名，百花和微草二、三，霸圖第四。」吳雪峰說。

「是的，我看過了。」葉秋說著，「剛剛在樓裡還碰到韓文清了。」

「是嗎？他怎麼說？」吳雪峰問道。

「他能說什麼？場上見。」葉秋試著模仿了一下韓文清的語氣和聲調，不是很像。

「果然，就不能換換詞。」吳雪峰還是被葉秋的模仿惹笑了。

「是啊，每年都是季後賽，每年都是他做對手，每年都說『場上見』。」葉秋感慨著。

「不過如果眞能這樣十年，那倒也不賴。」葉秋說道。

吳雪峰笑笑，沒有再說什麼。十年？眞能這樣十年的話，確實很不錯。只是很可惜，這樣的十年，無論如何也不會再屬於自己了。

等著自己的，就只剩下三輪比賽了。

「霸圖之前，我們還得先擊敗排名第八的隊伍。」吳雪峰開始說回季後賽。

「三零一度。」葉秋說道。他的眼中並不是只有那些高手和強隊，每一支會成爲對手的隊伍，他都尊重，並且珍惜。

「是的，他們隊的那個新人也很不錯。」吳雪峰說道。

「楊聰，刺客風景殺。」葉秋說。

「這兩年冒出來的新人，眞比我們當初那會要優秀多了。」吳雪峰感慨著，「去年是百花戰隊的兩位，今年是微草的王杰希，眞不知道明年又會冒出多少天才。」

「要不要留下看看？」葉秋說。

「算了吧。」吳雪峰笑道，「我可不想讓這些小鬼在我身上刷經驗，還是讓我有個完美的謝幕吧。」

「你會有的。」葉秋用很肯定的口氣說著。兩人隨即沉默，並肩前進。

兩人一同回到這次季後賽由聯盟統一安排的居住酒店，一進大廳，就看到散座上嘉世的老闆陶軒笑吟吟地陪人說著話。一看到葉秋和吳雪峰進來，立即站起了身。但葉秋馬上轉身，走向了大廳另一邊，只留下吳雪峰衝著陶軒無奈苦笑。

陶軒也露出一個無奈的苦笑，只好向著吳雪峰招了招手。坐在陶軒對面的人起身回頭，看到是吳雪峰後立即露出熱情的笑容。

吳雪峰認得這位，是嘉世戰隊重要的贊助商之一。作爲連續兩年的冠軍得主，嘉世從來不缺投資者的追捧。可是這支本該是聯盟，甚至是整個電競圈最具商業價値的戰隊，最終能簽下的贊助條件卻都不高。

原因，就是因爲嘉世戰隊的核心選手，隊長葉秋從不露面，更不會參加任何商業活動。缺少了這位重要角色，嘉世的投資回報在無數贊助商眼中一下子就黯然失色了許多。尤其在這一點已經不是秘密後，贊助商對嘉世的追捧熱度都下降了許多。去年的百花戰隊，今年的微草，都成了他們追捧的新寵。至於嘉世，三個賽季過去，作爲王者之師，反倒乏善可陳。

「廖總過來了。」吳雪峰快步走上前，和這位嘉世的贊助商老闆打著招呼。由於葉秋不肯露面，在這些事務上，吳雪峰這個副隊長只好當仁不讓地拋頭露面了。

「常規賽第一，第三次進去季後賽，我怎麼能不來呢？」廖總笑著，走上前來，和吳雪峰握了握手。

「離不開廖總的支持。」吳雪峰說起這些客套話來也是嫻熟得很。

「哪裡，是你們打得好，尤其葉秋。」廖總說道。

「呵呵。」一說到葉秋，吳雪峰難免要尷尬一些。作爲嘉世最重要的贊助商之一，都沒有見過這位嘉世隊長的眞面目，吳雪峰猜想這些人心裡八成並不如他們臉上的笑容這麼愉快。

「我還有事，先走。祝你們取得好成績，一定要再拿個冠軍。」廖總說道。

「一定。」吳雪峰笑著，同廖總告別，再轉過頭來時，卻看到老闆陶軒臉上已經沒了笑容。深深地靠在沙發上，望著面前茶几上擺著的一份合約，若有所思。

「廖總是來談續約的事？」吳雪峰坐到陶軒對面，問道。
「是的。」陶軒點了點頭。
廖總在嘉世第一賽季奪冠後，簽下了一份爲期兩年的贊助合約。這賽季季後賽打完，合約就將到期。是就此終止合作還是繼續贊助，雙方早就已經開始進行協商了，卻到今時今日還沒有定下來。看陶軒的神情，吳雪峰估計談判並不是十分順利。
「廖總怎麼說？」吳雪峰問道。雖然這賽季後就要離開，但他依然關心嘉世的未來。這裡可有他最親密的夥伴。葉秋是，眼前的老闆陶軒同樣是，大家都是在網遊時期就結識，最終一起進入這職業圈闖蕩的。
「他提出了兩個要求。」陶軒說道。
「是什麼？」吳雪峰問道。
「首先，如果想續約，那麼這次季後賽，嘉世必須奪冠。」陶軒說。
「這……怎麼會有這種要求，冠軍這種事，又有誰能百分百保證得了？」吳雪峰驚訝道。
「這還沒完。」陶軒有些無力地說道，「假設我們這次順利奪冠，那麼也只能得到一年的贊助合約。而且是否奪冠，也會成爲新一年贊助合約最終金額的重要標準。不，是唯一標準。」
「那是多少？」吳雪峰問道。

「你自己看吧。」陶軒瞥了眼桌上合約。

吳雪峰拿起，很快翻到贊助金額的部分，看過之後，頓時也是大跌眼鏡。

「這……」他簡直已經不知說什麼好。合約之上，嘉世奪冠與否，對方願意支付的贊助金額相差竟十倍之多。即使如此，能奪冠的贊助金額，比起今年也只略微提升。至於無法奪冠能收穫的十分之一，更像是一種安慰。

「不奪冠，我們簡直就成了叫花子對不對？」陶軒說道。

「這實在太過分了。」吳雪峰說。

「是啊，很過分。」陶軒嘆道，「這次拿到冠軍，我們可就是三連冠啊！在競技圈，三連冠意味著絕對的統治，意味著一個王朝的建立。但就是這樣一支三連冠的王朝戰隊，在人家眼裡，如果失去了冠軍，就立即變得一文不值。除了冠軍，我們就毫無價值嗎？」

吳雪峰沉默了。他知道陶軒這聲感慨所指。

葉秋，如果他能參與這些商業贊助活動，那麼嘉世所面臨的贊助就絕不會是這個局面。有關這個問題，陶軒試圖說服過葉秋很多次，卻都被葉秋堅定地拒絕。對此陶軒私下也是頗爲微辭。有次酒後失言，甚至吐露葉秋這樣不配合，就是拿再多冠軍，嘉世的價值也無法得到眞正體現。

拿了冠軍還無法體現價值，你想要的價值，到底是什麼呢？

這句話吳雪峰其實挺想問問陶軒，但他沒有說，因爲他其實是早就知道答案的。在網遊裡，他們是並肩作戰的遊戲玩家。可是現在，他和葉秋成了職業選手，而陶軒，則成了一個經營戰隊的商人。早在網遊時，他們的嘉王朝公會便都是由陶軒在打理，他在這方面展示出了相當出眾的才能。到成立戰隊後，陶軒正準備繼續大展拳腳，結果葉秋在商業方面的不配合卻束縛了他的手腳。誠然嘉世現有的價值也多是葉秋一手創造的，但僅限於此，陶軒顯然十分不滿足。

而這次談判的不順利，嚴重打擊了他的士氣，此時的陶軒看起來一臉頹然，他望著吳雪峰，很是失意地道：「而且你這賽季後就將退役的消息現在還沒有對外公布，如果公布，我很懷疑這樣一份乞丐合約我們是不是能夠簽到。」

「別開玩笑了，我哪有那麼重要。」吳雪峰試著想讓陶軒輕鬆一些。

「這可不是玩笑。」陶軒搖著頭，神色依舊沉重。

「到時總會有新人湧現的。榮耀現在越來越多有才華的年輕人，上賽季的繁花血景，這賽季的魔術師，到了下賽季，一定會有更優秀的人才湧現，嗯？」吳雪峰說著，可陶軒看來依舊漫不經心，他沒有辦法，只能硬著頭皮繼續，可是很快就發現陶軒神色有了變化，他像是發現了什麼似的，目光落向了吳雪峰的身後，眼中再次亮起期待的光芒。

「怎麼了？」吳雪峰回頭，身後是發生了什麼嗎？

身後沒有發生什麼，只是大廳的另一端，一個洋溢著青春的漂亮女孩，正笑吟吟地迎在葉秋身前。

「小沐橙？」吳雪峰認得這女孩，會有這樣的稱呼，是因爲他最早認識這女孩的時候，她眞的還很小，還只有十二歲。在加入嘉世後，這女孩就一直跟在葉秋左右。沒有人懷疑二人的關係，作爲一同從網遊轉進職業圈的老戰隊，對葉秋和這女孩的關係，大家都知根知底。

看著她，吳雪峰不免就要想到那個人。

如果他還在的話，一切問題恐怕就都迎刃而解了吧？無論是爭奪比賽的勝利，還是眼下陶軒頭痛的問題，恐怕都會有更加漂亮的解決方式。

只可惜……

想到這吳雪峰就有些黯然，那人，可也是他在遊戲裡結識的好朋友，只可惜大家還沒能來得及在生活中多有來往呢。

吳雪峰轉回頭，看到陶軒已經起身，他的目光正是落在那邊葉秋和蘇沐橙的身上，跟著就要往那邊走去，甚至忘了還丟在桌上的合約。

吳雪峰將合約收起，跟在了陶軒身後，他想到陶軒之前那熱情期待的眼神。

陶軒，可也不是不認識蘇沐橙，甚至網路外見面得還要早一些。近些年就算成了戰隊老闆，和選手這邊的生活離得遠了點，但終究還是一起共事，抬頭不見低頭見，遇到蘇沐橙也不會太少，至於這麼激動？

想著想著，再連繫到之前讓陶軒頹廢的話題，吳雪峰忽然就已經意識到了某種可能性。

他的目光頓時從陶軒的背影繞過，也望向了那邊的蘇沐橙。葉秋本是要向電梯走去了，但是面朝這邊的蘇沐橙卻是看到了陶軒和吳雪峰，拉住葉秋向這邊指了指。

葉秋沒回頭，而是和蘇沐橙說了點什麼，兩人便一起朝著電梯間走去。陶軒加緊了腳步，終於和吳雪峰一起，與葉秋、蘇沐橙搭上了同一部電梯。

「陶哥、峰哥。」蘇沐橙還是用使用了很久的稱呼叫著二人。

「小沐橙也過來了啊，我都不知道呢。」陶軒笑著。

「季後賽啊，當然也來現場看最好了。」蘇沐橙說著。

「這麼說來妳也懂榮耀了？」陶軒眼中的光芒更加熱烈了。

蘇沐橙望向葉秋，似乎對自己的水準無法界定。

葉秋笑了笑：「不只是懂，她的水準已經相當不錯了。」

聽到這個答案，尤其是出自葉秋之口，陶軒看來已經由衷地開心起來。

「玩的什麼職業啊？」他問蘇沐橙。

「槍炮師。」蘇沐橙說。

槍炮師？

陶軒愣，吳雪峰也愣。

因爲這個職業，對於眼前這個女孩來說，應該是有一些特別之處的。

那個剛剛還讓吳雪峰想起感到黯然的人，蘇沐橙的哥哥蘇沐秋，去世之前，新練的準備和葉秋、吳雪峰他們一起進入榮耀職業圈的角色，不就是個槍炮師嗎？而且如果吳雪峰沒記錯的話，那個帳號就是一個女號，角色名字裡，有他的妹妹蘇沐橙的名字。

「就是沐雨橙風了。」葉秋像是猜到兩人在想什麼似的，說道。

兩人卻還是沉默著。

這是一個讓人悲傷的繼承，他們並不知道這時候該說什麼。哪怕陶軒心中已經有了計較和打算，但他也覺得眼下並不是合適的開口時機。

他微微嘆了口氣，正準備說點什麼，誰想葉秋卻已經望著吳雪峰開口。

「所以，你其實可以安心地走了。」葉秋說道。

吳雪峰一愣，但是隨即明白這話的意思。但是……

「這話我聽起來怎麼就這麼不舒服呢？」他裝作一臉不高興地說道。

「不舒服的話，你就留下來。」陶軒也懂了葉秋這話的意思，心下自是高興。對方已有此意，倒是省卻他一番口舌了，於是也開起了吳雪峰的玩笑。

「算了，還是把未來留給你們這些年輕人吧。」吳雪峰故作老成地說道。

眾人笑著，電梯已到。

四人走出，各朝自己的房間走去。

「小沐橙。」看到蘇沐橙跟著葉秋要去他的房間，吳雪峰忽然叫道。

「怎麼了峰哥？」蘇沐橙轉過頭來。

「要加油哦。」吳雪峰說。
「我會的。」蘇沐橙點頭。
先一步進了房間的陶軒，聽到身後這話，忍不住暗攥了一把拳頭。
來了！
自己一直所期待的，終於來了。
此時的他，滿腦子都是蘇沐橙那青春靚麗的身影。這樣的美女選手，將在聯盟掀起多大關注，將在榮耀圈裡吸引多少目光？
尤其，她的水準還不錯，既然葉秋都已經肯定了這一點，那必然是靠譜的。
原本陶軒一度在想，蘇沐橙就算不會，他都要試著看能不能培養。但是葉秋給出的這個答案，讓他再無任何可擔憂的。
說不定她的天賦，就如同她那個早逝的哥哥一樣出眾，畢竟兩人有著一樣的血脈。
一想到此，陶軒不由地更爲興奮了。他從房間酒櫃上隨意取下一瓶酒，打開，給自己倒了滿滿一杯，一飲而盡。
酒不怎麼好，但是陶軒喝得很高興。
他看了一眼桌上吳雪峰幫他收起，後來在他進房間前交給他的合約，臉上露出輕蔑的笑容。
他走上前，放下酒杯，拿起合約，看也不看，就將這份合約撕了個粉碎。

他拿出手機，撥通了廖總的電話。

對方正在通話中，但是陶軒懶得去等，或是稍後再撥，直接轉入了對方的語音信箱。

『廖總，有關那份合約，我考慮清楚了。』他說道，『我的答覆是：不。』

他的口氣堅定而自信，他沒做任何多餘的解釋，說完便掛掉了電話。想了想後，又索性關掉了手機，心裡一陣莫名的痛快。

他又給自己倒了一杯酒，走到窗邊，望著窗外明亮的世界。

「諸位，等著看吧，嘉世的神話，這才要開始呢！」他舉杯，向著天空致意。

Chapter 10

王朝與少年

贏了！

進入總決賽的隊伍是我們！

隨著全場無數觀眾起立的吶喊歡呼，百花戰隊場上場外的選手，紛紛衝向了比賽臺中央，將他們隊中的兩位核心選手團團圍在了當中。

剛剛結束的比賽，勝利的是他們。

取得季後賽第二輪比賽勝利的，也是他們。

上一賽季的黑馬百花戰隊，以更加成熟可靠的姿態在季後賽連續闖過了兩輪，殺進了總決賽，一隻手，已經輕輕觸碰到了那象徵著最高榮耀的總冠軍獎盃。

興奮，激動。

但是，這還沒到最後，一切還沒有結束。

有過上賽季失敗的教訓後，百花的興奮和慶祝顯得很短暫，幾乎很快，剛剛圍攏的人群就已經平靜下來。

比賽場的另一邊，剛剛輸掉這一輪對決的微草戰隊選手，也正從比賽席中走了出來。

王杰希、方士謙，同樣是由年輕選手作爲擔當的微草，本賽季給了人們最大的驚喜。魔術師之名，是本賽季最大的頭條。

但是最終，他們沒能走到最後。

握手，致意。

失敗一方的年輕隊長只是沉默著，卻未見有多頹然。倒是他們的副隊長方士謙，臉色陰沉，甚至沒有過來進行這賽後該有的禮節。

「下賽季繼續加油。」百花隊長孫哲平眞誠地對王杰希說著，對於有點失禮的方士謙他沒有在意。作爲品嘗過失敗滋味的他，很明白敗者此時的心情。

「謝謝。」王杰希點點頭說著。

雙方隨即散去，百花繼續留在場上，他們要等候另一場對決的結果，那個結果將是他們在總決賽的最終對手。而微草，作爲失敗淘汰的一方，此時只能收拾東西黯然離開。長長的選手通道，微草選手默默走著，始終沒有人說話，一直到回到備戰室才有人打破這沉寂。

「喂！」方士謙開口，目光直直瞪向剛剛坐下休息的王杰希。

眾選手心中都一跳，視線匯集過來。

「作爲隊長，你這時候不該說點什麼嗎？」方士謙說道。

所有人不由地緊張起來。他們一早就發覺方士謙對於王杰希接任隊長，接過王不留行是很有些情緒的。只是王杰希這一整個賽季都表現出色，實在沒有多少可挑剔的地方。即便如此，還是讓方士謙挑過不少刺。眼下本賽季最重要的一場比賽最終以失敗告終，方士謙這是要徹底爆發了？

這輪比賽的失利，分析起來有方方面面，可不是因爲某個人的失誤或是什麼。在這裡借題發揮，實在太沒道理了吧？

一想到此，眾選手心下都有些不平。王杰希本賽季的表現早讓所有人折服。別說這場比賽他並無過錯，就算有，眾人也會原諒——比賽中有誰會從不犯錯呢？方士謙若真就這場比賽的失利也要挑刺，那大家可不答應。

望著二人，微草眾隊員心中卻都已經有了立場，這兩位核心選手若有爭執，他們都會偏向王杰希。

誰想沒等王杰希說話，方士謙就已經自顧自地說了下去。

「算了。」他一副大度的模樣揮了揮手，「這次我原諒你了。」

原諒？

還有這種居高臨下的口吻，方士謙這傢伙也太過分了！

有人心下不忿，已要開口嗆聲，卻被快言快語的方士謙再次搶在了前面。

「但是下賽季，或者下下賽季，下下下賽季，不管什麼時候，你必須帶領微草拿個冠軍回來！」方士謙很凶地說道。

眾人一愣，隨即卻都樂了。

下賽季？下下賽季？下下下賽季？他對王杰希已有這樣的信心和耐心，這方士謙，分明已經很認同王杰希了。

「我會盡快的。」王杰希笑著道。

「不是盡快，是一定。」方士謙很認眞地道。

「一定。」王杰希收起笑容，也認眞地回應著。

「好，下賽季再來！」方士謙振臂吼道。

「再來！」人人揮起了手臂，原本沉悶的氣氛，頓時被這高昂的士氣給打破，但是緊跟著一陣驚人的歡呼聲穿過這長長的通道，將他們振奮的聲音給淹沒了。

「另一輪出結果了嗎？」有人說道。

「這破電視，怎麼又沒訊號了！」有人拍打著備戰室懸在房角的電視機，雪花霸占螢幕，半點畫面都沒有。

「去看看吧？」

「走。」

微草選手紛紛從備戰室裡湧出，而這輪對決也正如他們所猜，隨著嘉世與霸圖比賽的結束，落下了帷幕。

勝利的是？

嘉世！

全場歡呼高叫的名字宣布了進入總決賽的另一支隊伍，這實在是一個不怎麼新奇的答案。三屆職業聯賽，三進總決賽，嘉世已成了一座需要其他隊去攀登、征服的高山。

觀眾歡聲雷動，嘉世選手也在擊掌相慶，只是看起來要平淡許多。不是因爲他們對勝利已經習以爲常，而是他們的歡慶總是缺少隊中的主心骨，少了那個中心。

葉秋，嘉世的隊長，無論是什麼比賽，什麼樣的勝利，他都是悄悄地來，悄悄地去。

這讓憋著勁想和決賽對手放兩句話的孫哲平也有些有勁沒處使——那個他立志要打倒的對手，根本就不在場啊！

失敗的霸圖，是昂首離開的。

三個賽季下來，已經不會再有人輕視他們，這支隊伍的堅毅和頑強，是太多隊伍都比不上的。

「可惜了。」望著霸圖戰隊的選手退場，觀眾席上有人暗暗搖頭嘆息著。

「說誰可惜？」一旁的黃少天問道。

「霸圖。」喻文州說道。

「怎麼說？」黃少天現在已經非常信賴這個夥伴，對於由他擔任下賽季藍雨隊長，黃少天認爲是極其英明的決定。

「比賽過程中至少有四個關鍵的決勝點。分別是這裡、這裡、這裡，還有這裡。」喻文州指著他的筆記本說道。

「什麼這裡這裡這裡這裡這裡……你畫的這些誰看得懂？」黃少天歪著脖子看了所謂的四個「這裡」後，不滿道。

「回去看錄影再說吧。總之，這四個關鍵，至少有兩處，霸圖的治療本是有機會控制局面的。那樣比賽就又有得打了。」喻文州說道。

「霸圖的治療……」黃少天回憶了一下，「並不差啊。」

「我不是說他差，只是霸圖這支隊伍是很有激情的，而他們的治療也被帶成了這種風格，這未免有些……頭重腳輕吧。」喻文州想了想後，找到了這樣一個形容。

「你說得對。」一個聲音竟然接在了喻文州的話後。

「什麼人？」黃少天跳起來回頭，身後一個斯斯文文的少年，看了黃少天一眼後，推了推眼鏡，目光落回到喻文州的筆記本上。

「不過有關四個決勝點，我有些不同看法。」眼鏡少年說道。

「哦？」喻文州頓時有了興趣，身子反向後探著，將筆記本豎起，和探身上前的眼鏡少年討論起來。

兩人就這樣姿勢一成不變地討論了足足有半個小時。比賽早已結束，觀眾已經開始退場。不知從何時起，一個退場路過的少年停下了腳步，站在一旁，探頭聽著喻文州和眼鏡少年的討論，也不作聲，只是不住地點頭。

「你又是誰啊？」黃少天目瞪口呆地望著這又一位問道。

「嗯。」新加入的少年應了一聲，卻根本不是回答黃少天，只是聽著那二人的分析，覺得實在太有道理，情不自禁地應出了聲。

喻文州和那眼鏡少年這才注意到身邊又多了一位，一起望了過去。

「不好意思……」這位撓了撓頭，有些尷尬，隨即介紹起了自己：「我叫肖時欽。」

「喻文州。」

「張新杰。」

幾個少年這才紛紛介紹起了自己。

「我我我我！黃少天。」黃少天湊上來嚷著。

「你好。」肖時欽和張新杰差不多是異口同聲地應了一聲，然後目光還是落回到了喻文州身上。

「有關百花和微草那場比賽，你有什麼看法呢？」張新杰問著。嘉世對霸圖這一局他們是聊得差不多了，但是一臉的意猶未盡，於是又開始找新的話題。

「換個地方說吧。」肖時欽建議著。

「好啊。」喻文州和張新杰欣然同意。

三人說著就已經離開，黃少天在原地又是愣了一會，這才氣急敗壞的追了上去：「哎哎，還有我啊！等會啊，你們那兩個是從哪冒出來的啊？」

三天後。

座無虛席的場館內，榮耀聯盟第三賽季的總決賽，進入到了關鍵的階段。

『注意氣沖雲水，注意氣沖雲水，注意氣沖雲水，重要的話說三遍！』百花戰隊的隊伍頻道中，說話向來簡潔幹練的隊長孫哲平，不惜重複三遍，對嘉世戰隊向來甚少人予以重視的吳雪峰進行著強調。

「百花已經找到了勝負關鍵。」場邊觀眾席上，準決賽後聊得甚是投機的幾個少年，這次乾脆約在了一起，以不同於普通觀眾的眼界，一起觀看起了這場最終決賽。

黃少天自命是一個頗健談的人，但是在這場討論中，他輸了，他所發表的言論，大概連討論的百分之十都占不到。不過他每次發表的見解卻也十分一針見血，甚至會有那三位都沒有洞察到的地方。上次聊天頗受冷遇的黃少天，這次總算贏得了新朋友的重視。

眼下場上百花對氣沖雲水的高度重視，引得少年們的高度認同。

「氣沖雲水的輔助，是幫助增加一葉之秋戰力的重要部分，以前從來沒有人有效切斷過。」喻文州說。

「準確地說，是他們沒有對此形成足夠的重視。」張新杰說。

「相比起一葉之秋，氣沖雲水是這個體系中相對比較容易擊破的。」肖時欽說。

「百花正要這樣做了。」喻文州說著，望向比賽轉播的大螢幕。

槍聲，劍影。戰鬥一刻都沒有停歇過。各隊的頻道交流，卻也是這戰鬥的一部分，百花戰隊鎖定了氣沖雲水為突破口，嘉世方面，卻也在不斷刷新著對這組對手的判斷。

『比去年更成熟了。』吳雪峰說道。

『當心，他們可能會將你作爲突破口。』葉秋答道。

場館內一片譁然。

百花的頻道裡剛剛通傳接下來的作戰重點，嘉世這邊葉秋竟然馬上知道，難不成他能看到對方的頻道嗎？

這種事當然不可能，只能說葉秋猜得很準。

猜的嗎？

場邊的幾個少年看到葉秋準確的判斷，也正面面相覷。

他們可不認爲這是葉秋亂猜。這是判斷，基於經驗、意識得出的判斷。是有根據，有的放矢的。只是根據在哪？葉秋從哪看出了百花的戰略意圖？卻是他們絲毫沒有注意到的。

『這樣啊。』場上吳雪峰又在答話，『那麼這最後一場比賽，就讓我也體驗一下眾矢之的的感覺吧。』

『放心去吧，其他交給我。』葉秋答道。

場館再次譁然。

最後一場比賽？這是什麼意思？總決賽確實是一個賽季的最後一場比賽，但是吳雪峰字裡行間流露的意思，可不像是在說一個賽季的終結。

吳雪峰……是準備要退役了？

很多人立即想到這種可能，以吳雪峰的年齡來說，這並不是沒有可能。

所以，這就是他在職業賽場上的最後一次表現了？

氣沖雲水，掩蓋在鬥神一葉之秋光芒下的這個配角，第一次以一種極其無畏的姿態，衝向了對手。

『氣沖雲水上來了！氣沖雲水上來了！』百花選手在頻道裡大叫著，他們正想捕捉的重點，居然就這樣主動跳了出來。

這不是嘉世常規會用的打法。

『小心有詐！』孫哲平提醒隊友。

『注意切斷他和一葉之秋的聯繫就好。』張佳樂說著，百花繚亂衝出，一套絢爛的槍火彈藥攻擊，直鋪氣沖雲水的身後。

『集火搶攻！』孫哲平一聲令下，百花戰隊其餘角色迅速調轉自己的攻擊方向，集中推向氣沖雲水。

崩山擊！

孫哲平的落花狼藉衝在最前，一記崩山擊，以泰山壓頂之勢拍向正面衝來的氣沖雲水。

逆流！

氣沖雲水一邊閃避，一邊施展出了氣功師極其隱蔽的上挑技能，一股氣流埋伏在原處，就等落花狼藉落地後會被命中。

孫哲平卻早發現了這隱蔽的手段，崩山擊半空取消，改銀光落刃，重劍駕馭的銀光落刃，以不輸崩山擊的氣勢向著氣沖雲水按頭壓來。與此同時，百花戰隊其他各路攻擊悉數到位，直指氣沖雲水。

葉秋一直以來面臨的，就是這樣的境地吧？

看著這多方集火攻勢，吳雪峰忍不住想著。

這樣的攻勢，讓自己獨立去應對，還眞是有些勉強。但是這三年裡，葉秋卻一次又一次擊穿如此強橫的攻擊屛障，爲嘉世爭取到一次又一次的勝機。

這種事，自己可做不到，到頭來，還是要看你啊！

閃躲，走位，尋覓空檔，施展技能。

吳雪峰操作著氣沖雲水，在圍困中周旋著。他對自己從來都有很清晰的認識，如葉秋那樣強行破陣，很酷，很受矚目，但並不是他能力範圍內的事。

『我啊，應該被評個最佳配角的啊。』他在頻道裡說著，這話不含什麼苦楚，有的也是驕傲和自豪。吳雪峰認爲自己做到了能力範圍內最漂亮的事，他並不覺得有什麼遺憾。

『主角來啦！』葉秋回應著他，非常自覺地擔任著主角。

『一葉之秋來了。』張佳樂叫著。

『來得好！』孫哲平鬥志高昂。一切都在依照他所想的順利進行著。早在兩年前，未進職業圈時，看著嘉世戰隊的奪冠比賽，他就一直在想，如果自己站在那裡，應該怎麼做。

兩年後，他得到了機會，他所設想的方案，被身邊這幫優秀的隊友完美地執行出來。

一葉之秋來了，闖入了他們的殺陣！

主攻氣沖雲水，那也不過是幌子。想打倒嘉世，一葉之秋終歸才是必須要擊敗的那一個。

『獵殺開始！』孫哲平叫道。

煙霧彈！

百花繚亂的煙霧彈恰到好處地釋放，一片煙霧迅速在場間擴散，阻擋著一葉之秋的視角，掩蓋著百花戰隊的行動。

衝撞刺擊！

演練過的戰術，執行起來流暢至極。孫哲平的落花狼藉非常突兀卻又恰到好處地切換了攻擊目標，直衝一葉之秋。百花繚亂的彈花也緊隨他的身形，繁花血景的表演，這才要剛剛開始呢！

但是結果，刺空！

一葉之秋竟然不在孫哲平所以爲的位置。他迅速轉動視角，一道人影在他視角的餘光中一晃。

旋風斬！

根本來不及看清目標，孫哲平已經操作著落花狼藉一劍斬去。他的身子在旋轉，劍在旋轉，視角也在旋轉，但是所追到的，卻只是一抹已從他身邊晃過的人影。

『漏了！』張佳樂叫道。

一葉之秋在他看來，就是和落花狼藉擦肩而過，但孫哲平偏偏就沒捕捉到他。

張佳樂連忙操作百花繚亂走位，一邊狂轟亂炸限制一葉之秋的前進。

但是一葉之秋的步伐竟連片刻都沒有停，他急速逼近百花繚亂，槍炮彈藥的攻擊，似乎對他一點影響都沒有。

不……

不是沒有影響。張佳樂確認下去，發現一葉之秋的衝上過程中是有閃避動作的。他將那些可能對他製造出行動障礙的攻擊，悉數閃過，一些只是製造傷害的攻擊，就那樣硬吃了。

他最終會掉一些生命，但是卻以極快的速度逼向百花繚亂，這個速度可比百花繚亂退走得要快得多。

自己的百花式打法，被看穿了？

張佳樂目瞪口呆。他這百花式絢爛的打法，連看清都難，更別提看穿。能像葉秋這樣精準把握到每一擊完成走位，那至少說明一點，對彈藥專家這個職業，葉秋可是相當熟悉。不，只是熟悉都不足夠，應該是有頗深的造詣。

攔不住！

只靠自己的百花繚亂，是攔不住他的。

『大孫！』張佳樂呼叫他的搭檔。

但是葉秋的搭檔，已在這時悄然出手。

推雲掌，正中百花繚亂後背。因爲百花轉火一葉之秋稍得空閒的吳雪峰，立即把握到了戰機，爲葉秋的強攻完成了助攻。

被拍到的百花繚亂，直朝一葉之秋飛去。

『謝謝。』葉秋頻道裡不忘答上一句，一葉之秋卻邪挑出，百花繚亂已被送上高空。

『我應該做的。』吳雪峰答著，氣沖雲水地上翻滾，躲避開百花戰隊追來的攻擊，一記氣波彈送出，卻是推向正朝一葉之秋衝去的落花狼藉。

但是落花狼藉卻沒有就此被攔住，以極其強硬的姿態，衝到了一葉之秋面前。

斬斬斬！

落花狼藉接連幾個技能的連斬。

一葉之秋走位閃避，挑空的百花繚亂竟然始終不落。

落花狼藉的攻擊，似乎全在他的計算中。

他不只是對彈藥專家異常熟悉，狂劍士也是職業級水準。

孫哲平一波搶攻打空，百花繚亂依然在空中翻滾，而他的落花狼藉卻因爲技能冷卻，陷入尷尬的沉默期。

他們的獵殺，被葉秋徹底擊穿。

百花繚亂陷入一葉之秋的反打。

落花狼藉因爲局面脫離控制，亂了節奏。

百花核心繁花血景，被擊潰了，以他們爲中心的整個百花體系，自然陷入了僵局。

「差不多了……」場邊已經有了結論，喻文州長出了一口氣，說著。

「好……好強……」肖時欽都有些結巴了。

「眞是不可思議。已經到了這種程度的一葉之秋，竟然還是會被對手低估。」喻文州說道。

「因爲不夠瞭解。只有眞正瞭解他的對手，才有機會戰勝他。」張新杰看著場上衝向勝利的一葉之秋，若有所思地說著。

「那麼能擊敗他的，會是誰呢？」喻文州笑著。

「自然是我了。」黃少天毫不客氣地拍著胸脯。

「下賽季，會見分曉的。」張新杰說。

榮耀聯盟第三賽季，最終嘉世擊敗百花，贏取了職業聯盟的第三個總冠軍，以三連冠之姿建立起了嘉世王朝。

而在場外，目睹了一整個賽季的新一代少年，正將迎來屬於他們的賽季。

那是榮耀史上最爲璀璨的新人賽季，這批新人也被稱爲——黃金一代。

——完——

封面遊戲角色完整線稿

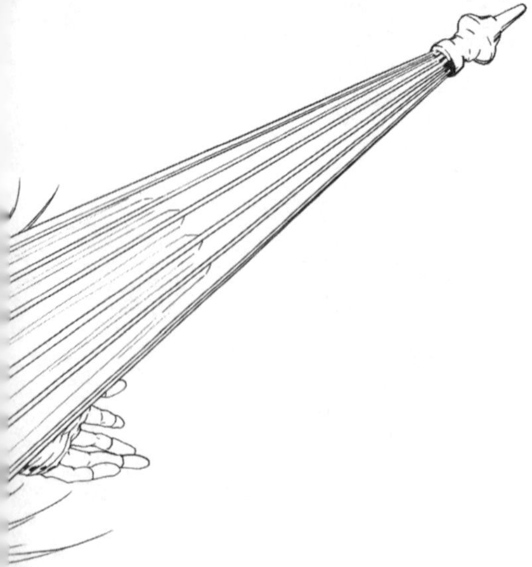

君莫笑

操作者：葉修
職業：散人
武器：千機傘
戰隊：興欣戰隊

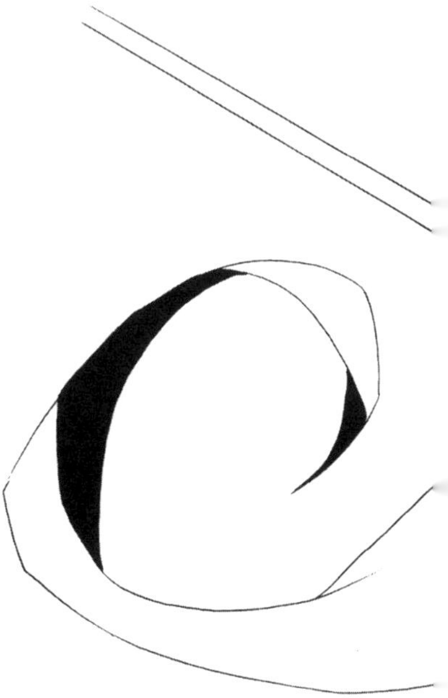

操作者：黃少天
職業：劍客
武器：冰雨
戰隊：藍雨戰隊

夜雨聲煩

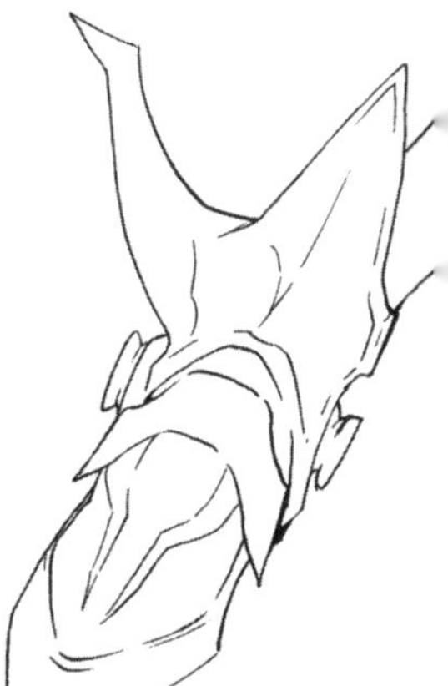

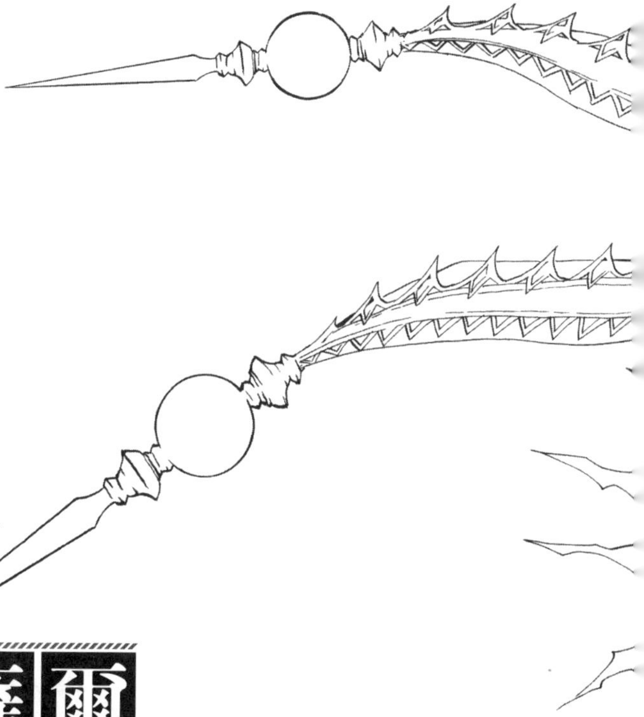

操作者：喻文州
職業：術士
武器：滅神的詛咒
戰隊：藍雨戰隊

索克薩爾

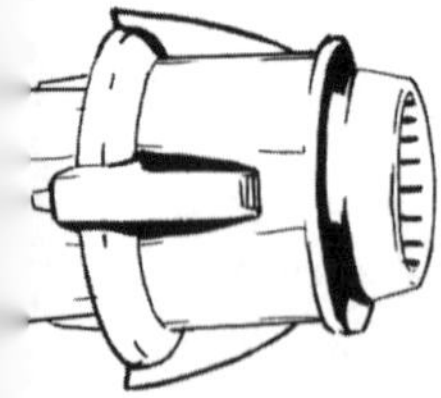

沐雨橙風

操作者：蘇沐橙
職業：槍炮師
武器：吞日
戰隊：興欣戰隊

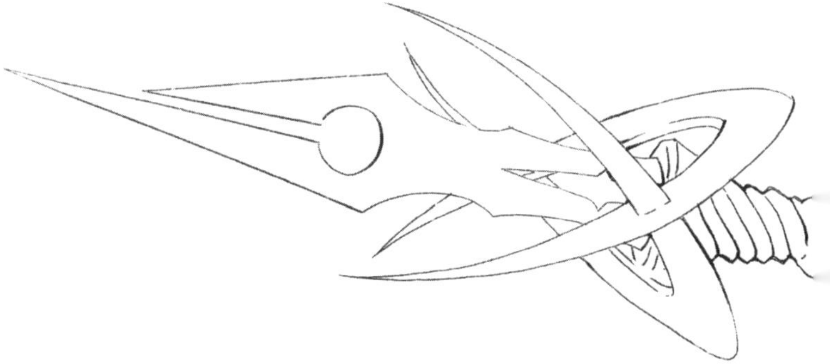

寒煙柔

操作者：唐柔
職業：戰鬥法師
武器：火舞流炎
戰隊：興欣戰隊

藍橋春雪

操作者：藍河
職業：劍客
戰隊：藍雨戰隊
公會：藍溪閣

毀人不倦

操作者：莫凡
職業：忍者
武器：十六葉
戰隊：興欣戰隊

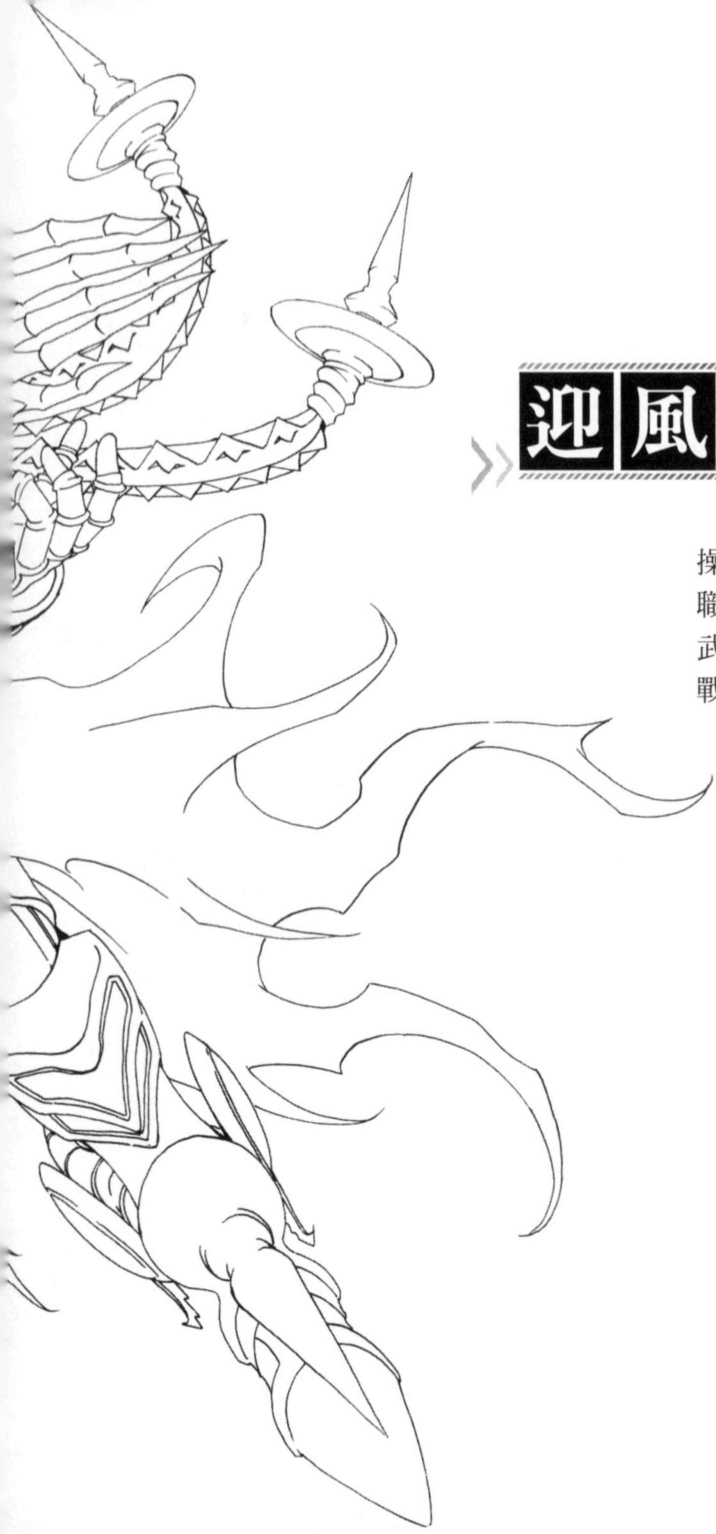

迎風布陣

操作者：魏琛
職業：術士
武器：死亡之手
戰隊：興欣戰隊

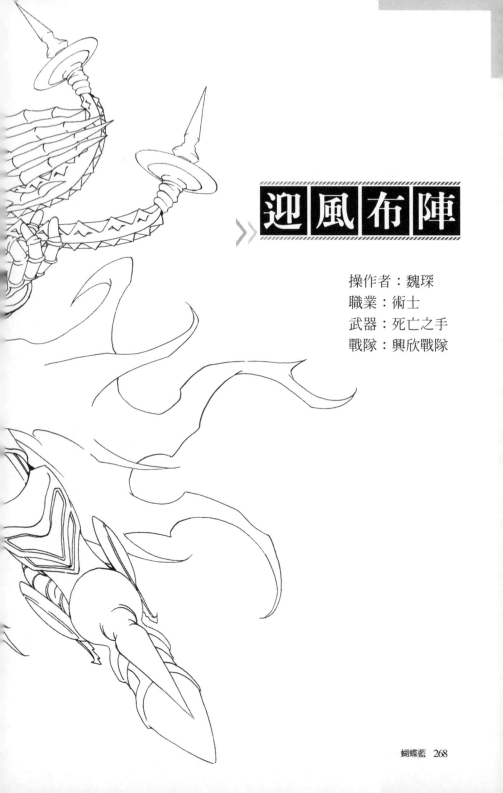

包子入侵

操作者：包榮興
職業：流氓
武器：撕裂末日
戰隊：興欣戰隊

昧光

操作者：羅輯
職業：召喚師
武器：虎之印
戰隊：興欣戰隊

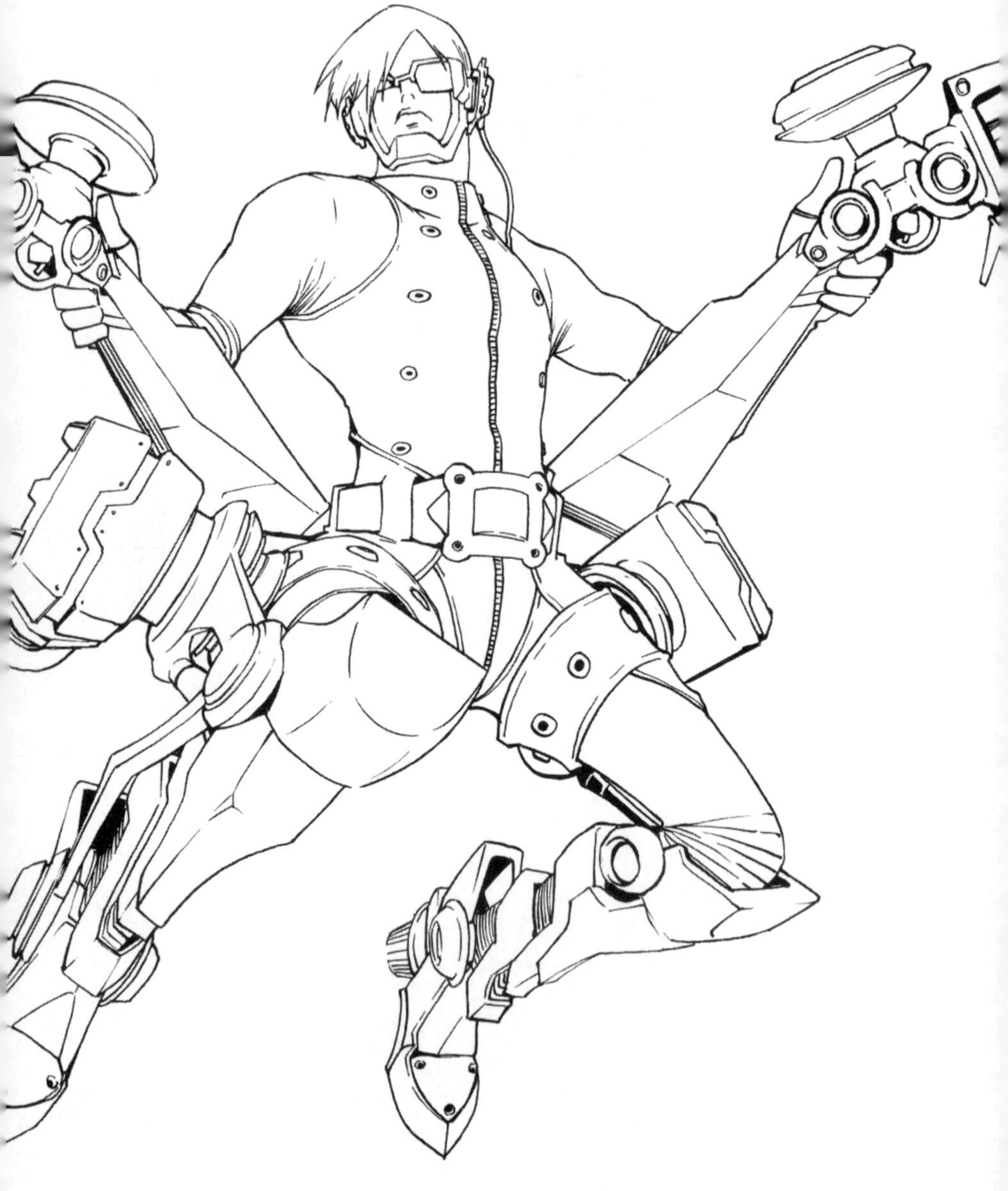

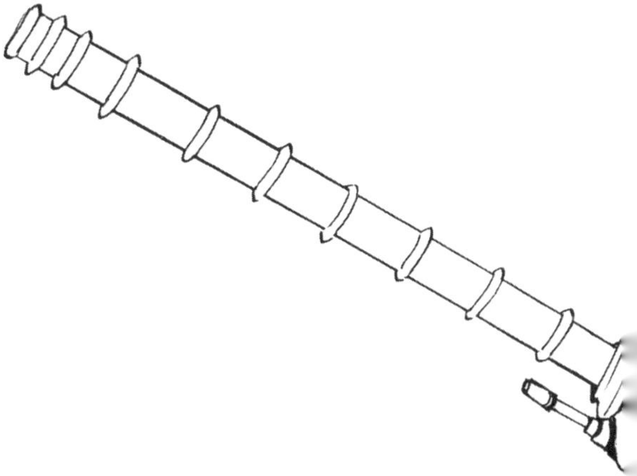

生靈滅

操作者：肖時欽
職業：機械師
武器：閃影
戰隊：雷霆戰隊

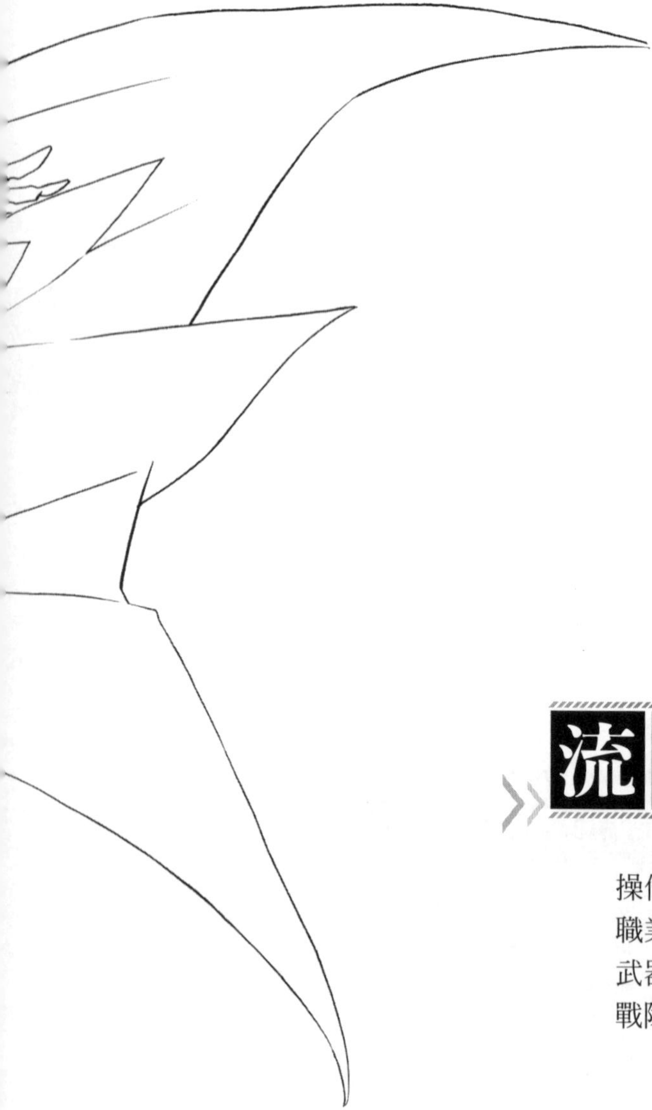

流雲

操作者：盧瀚文
職業：劍客
武器：焰影
戰隊：藍雨戰隊

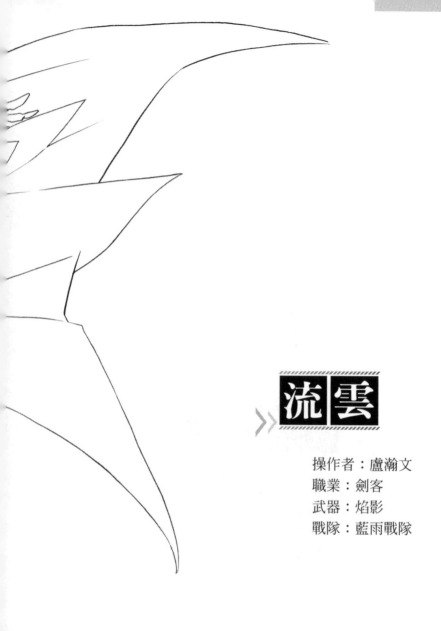

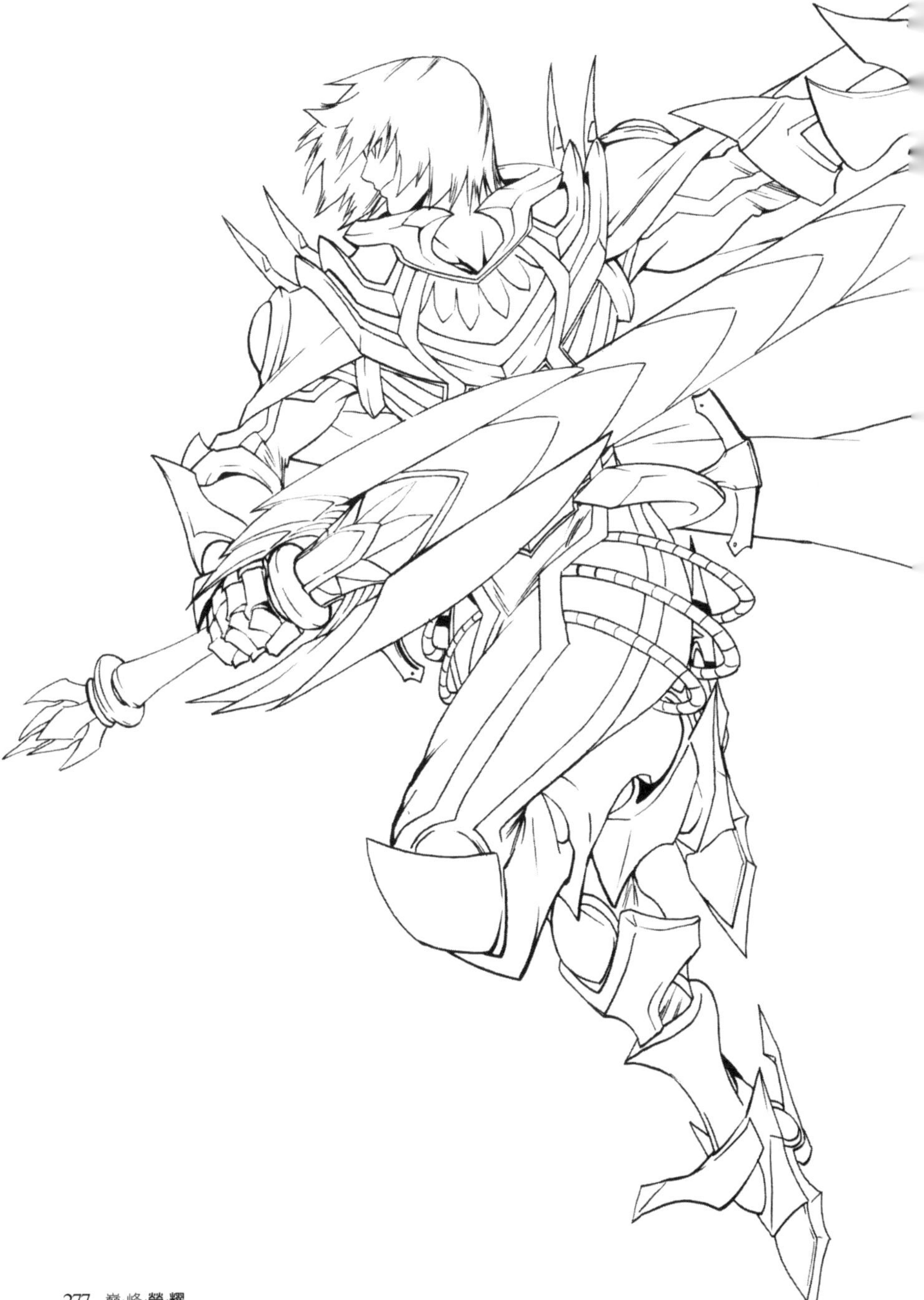

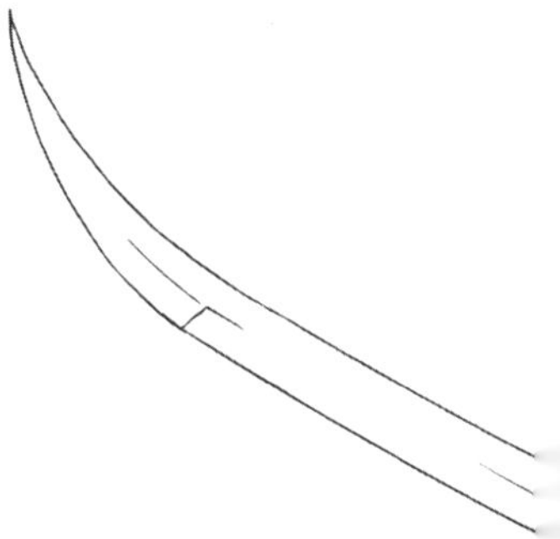

一寸灰

操作者：喬一帆
職業：鬼劍士
武器：雪紋
戰隊：興欣戰隊

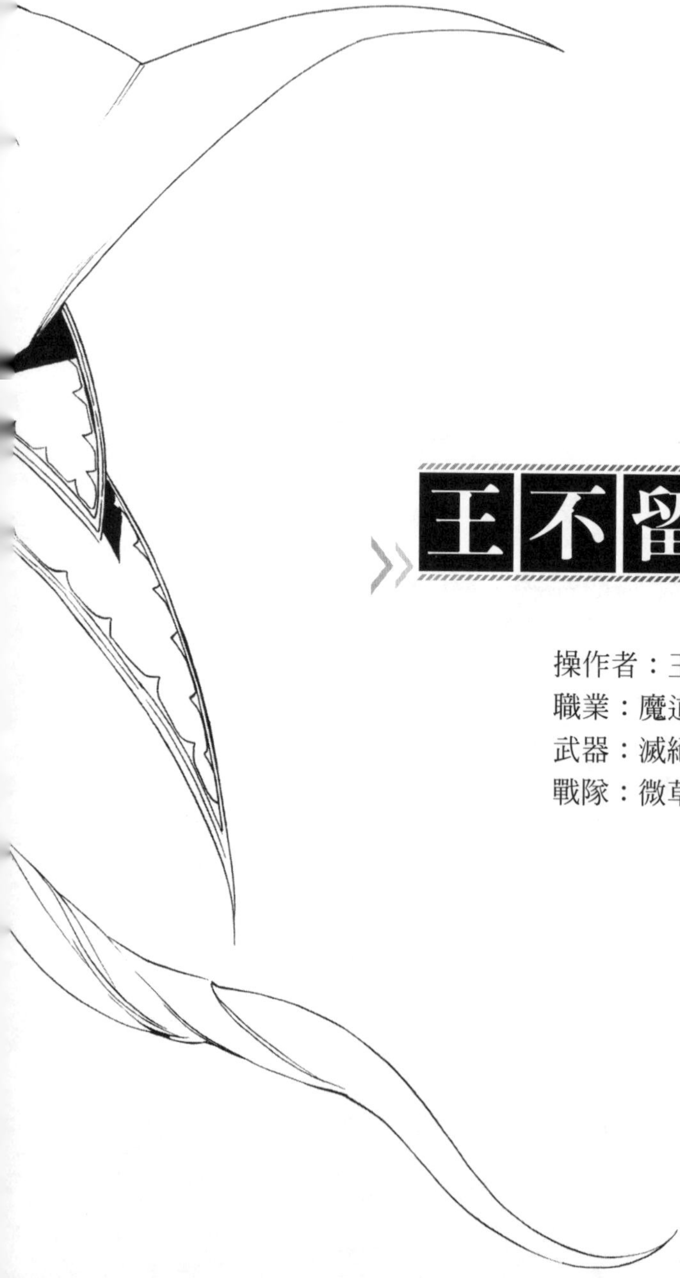

王不留行

操作者：王杰希
職業：魔道學者
武器：滅絕星塵
戰隊：微草戰隊

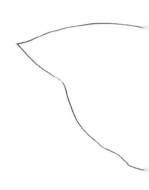

百花繚亂

操作者：張佳樂
職業：彈藥專家
武器：獵尋
戰隊：霸圖戰隊

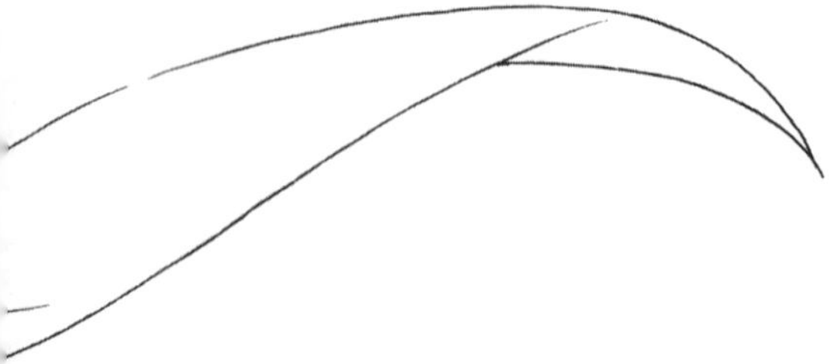

再睡一夏

操作者：孫哲平
職業：狂劍士
武器：無鋒
戰隊：義斬戰隊

海無量

操作者：方銳
職業：氣功師
武器：鏡月
戰隊：興欣戰隊

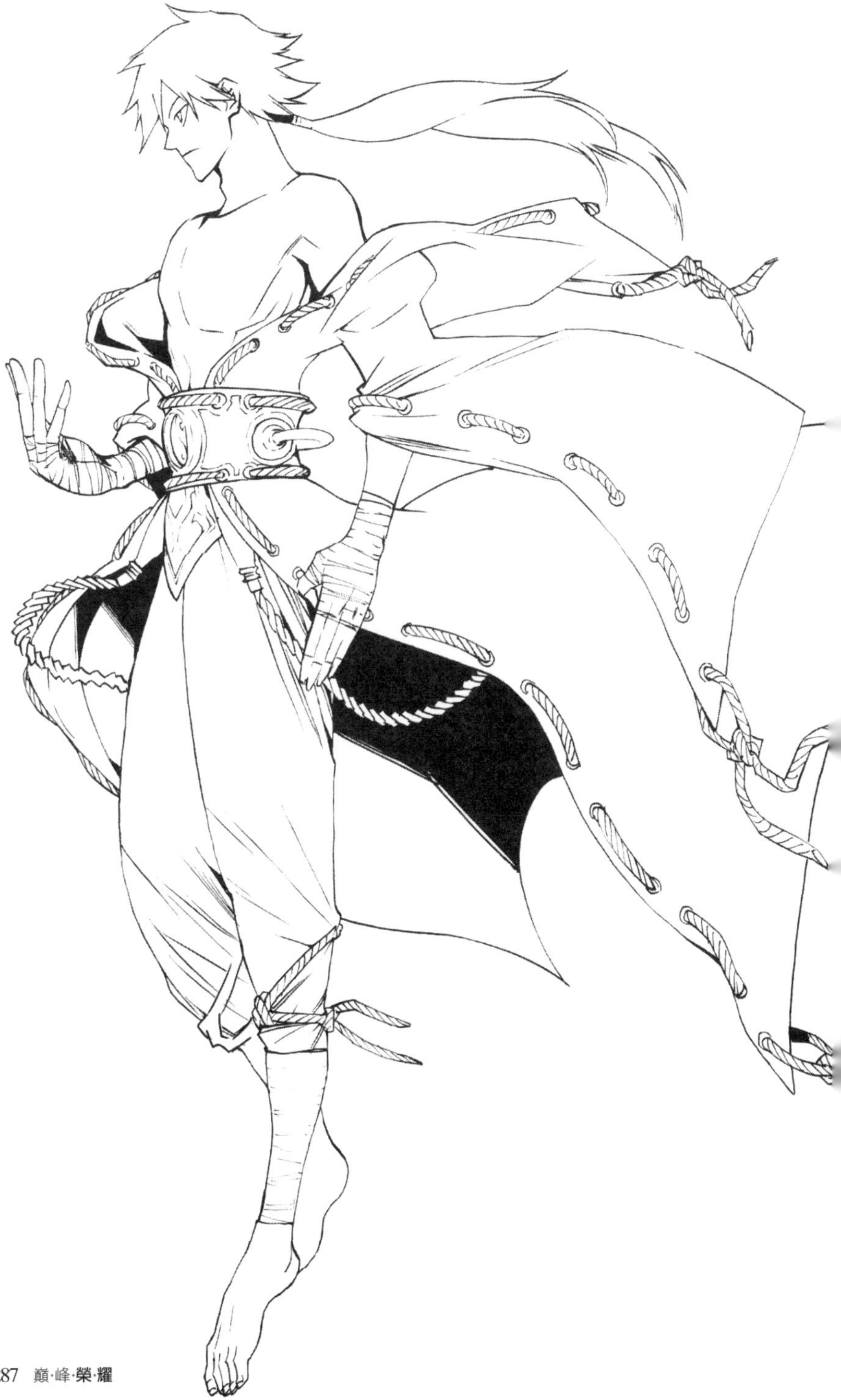

大漠孤煙

操作者：韓文清
職業：拳法家
武器：烈焰紅拳
戰隊：霸圖戰隊

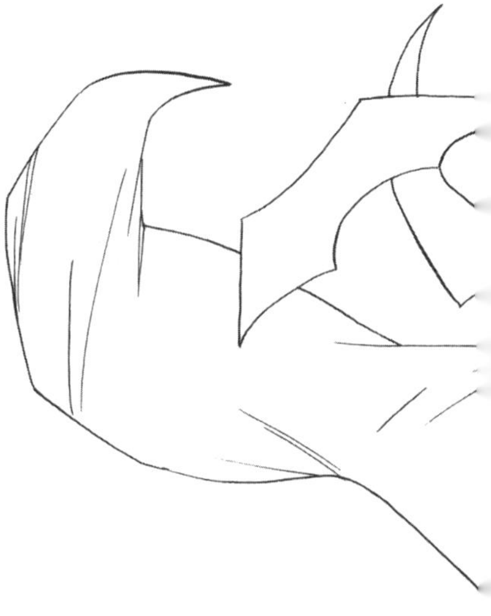

石不轉

操作者：張新杰
職業：牧師
武器：逆光的十字星
戰隊：霸圖戰隊

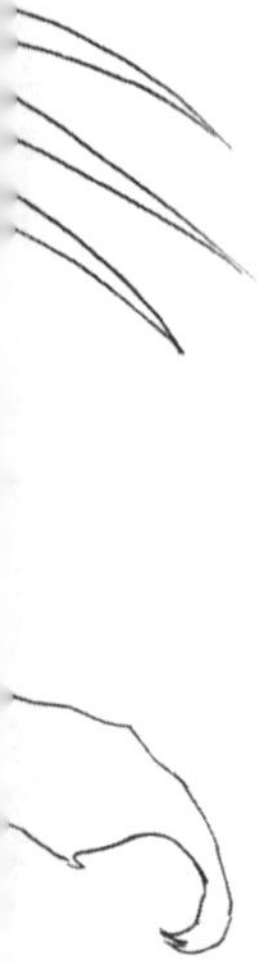

冷暗雷

操作者：林敬言
職業：流氓
武器：一夜八荒
戰隊：霸圖戰隊

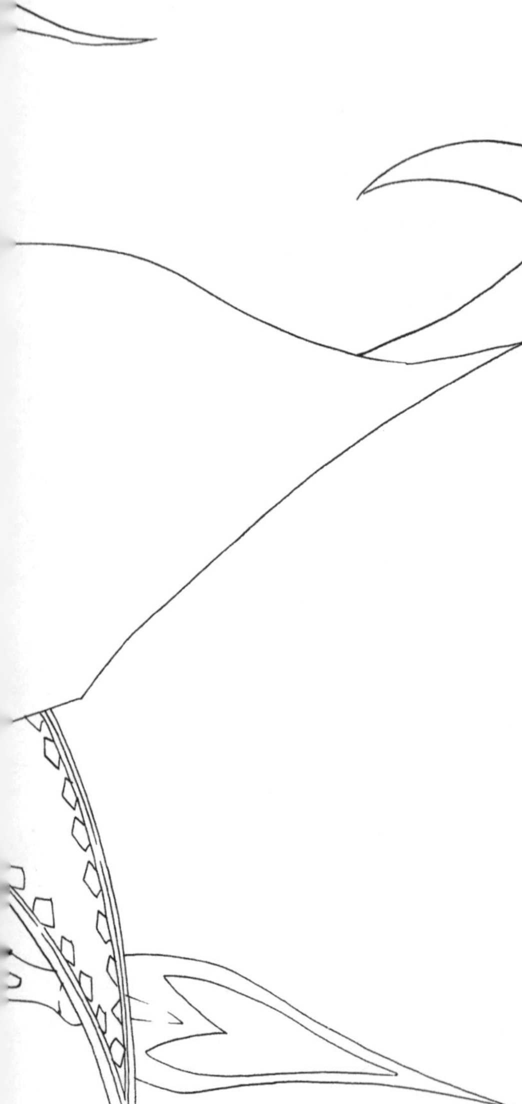

木恩

操作者：高英傑
職業：魔道學者
武器：晨露
戰隊：微草戰隊

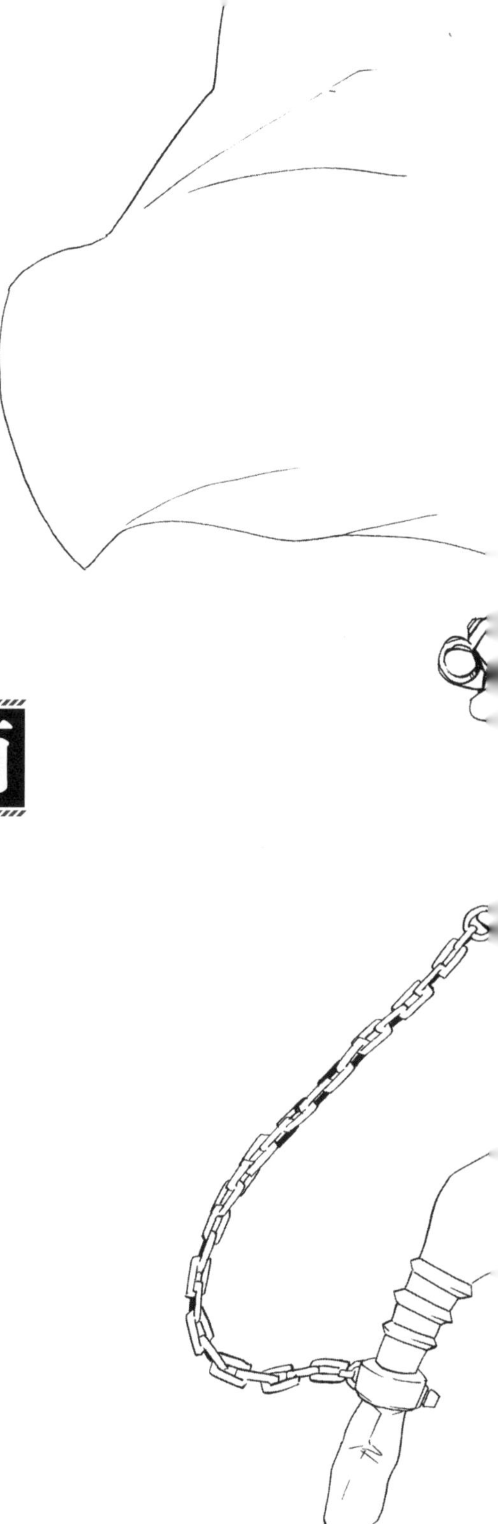

槍淋彈雨

操作者：鄭軒
職業：彈藥專家
武器：游離
戰隊：藍雨戰隊

小手冰涼

操作者：安文逸
職業：牧師
武器：光明之證
戰隊：興欣戰隊

一槍穿雲

操作者：周澤楷
職業：神槍手
武器：荒火、碎霜
戰隊：輪回戰隊

一葉之秋

操作者：孫翔
職業：戰鬥法師
武器：卻邪
戰隊：輪回戰隊

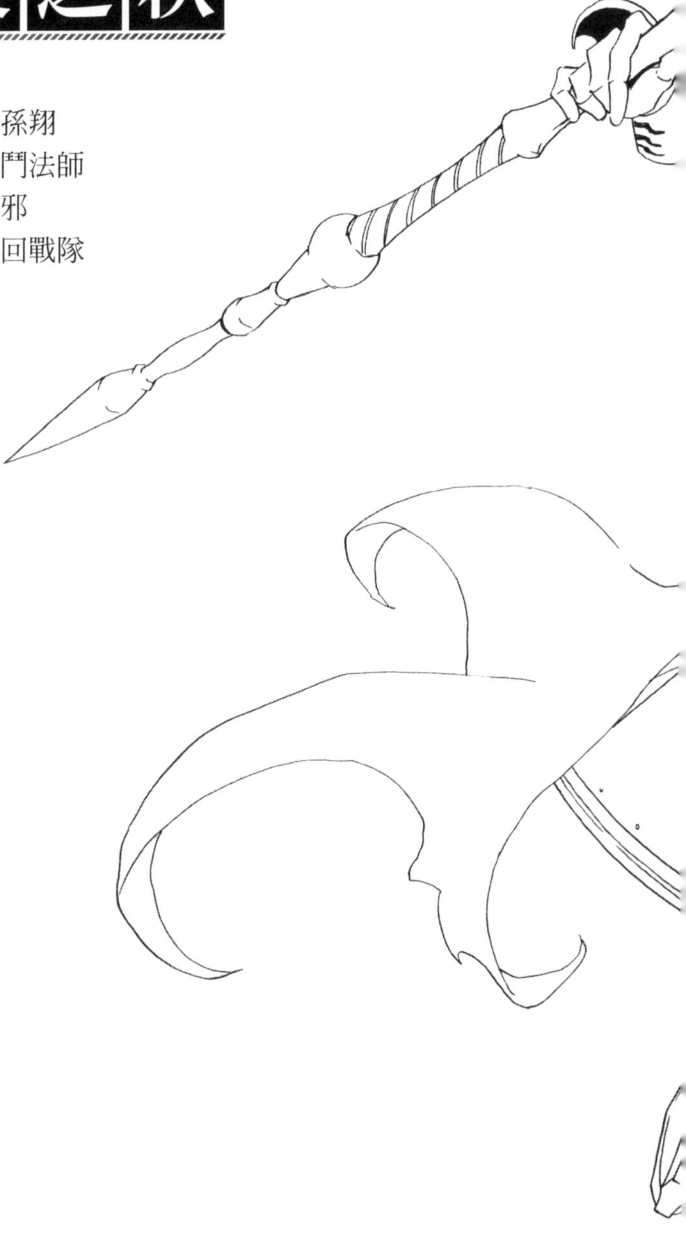

君莫笑

操作者：葉修

職業：散人

武器：千機傘

戰隊：興欣戰隊

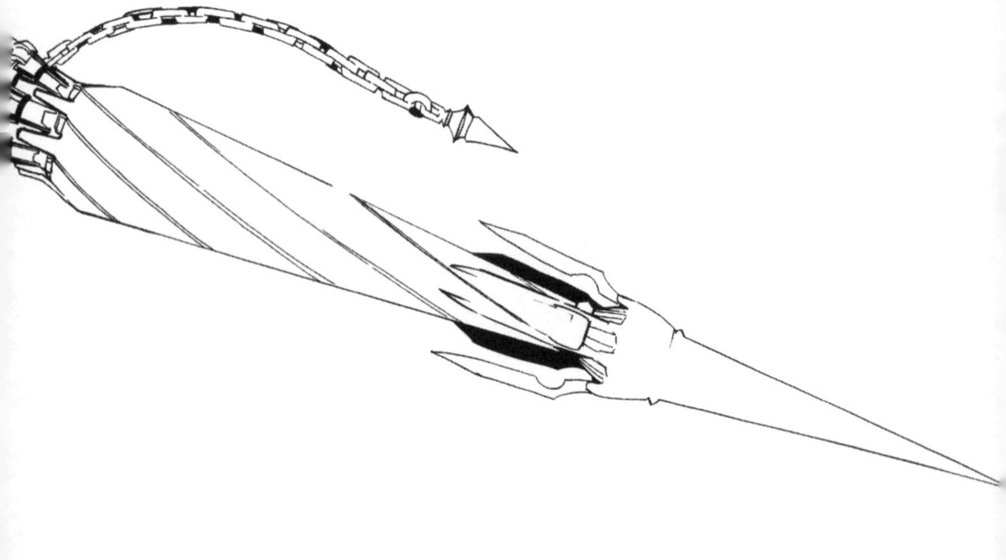

魔鬼的呢喃

小編：「你有空先給我番外，這裡有後製要準備？」
「雖然還不能校對。」
蟲爹：「我還沒寫呢！」
小編：「你不是前面有八萬字了？」
蟲爹：「喔喔，那部分我回家就發你。」
小編：「OK！」
蟲爹：「八萬字還不夠你真是**貪婪的魔鬼！**」
(╯‵□′)╯︵┴─┴

小編：「加油加油！」
「揮舞著小鞭子，鞭打你！」
「快寫！不要倦怠！」
蟲爹：「o(╥﹏╥)o 要死了，我以後，再也不寫番外了！」
小編：「寫完你就解脫了，好啦，以後盡量不逼你。」
蟲爹：「我去了。」
「我還得先把天醒的更新寫完……」
「簡直了！」
小編：「哎喲，就三篇。」

小編：「寫好了？」
　　　「無法登入？」
蟲爹：「沒有，螢幕花屏，按鍵有些不靈。」
　　　「被唐〇三少一屁股坐的！(>﹏<)」
小編：「叫他賠一個。」
　　　「那多兩天，你可以多寫幾個字吧？」
蟲爹：「你怎麼這麼會還價！」

小編：「(￣口￣) 校稿也要時間啊！」
蟲爹：「週一才十一號。」
小編：「先叫唐家〇少賠你一台電腦。」
蟲爹：「幾千字你一秒就校完了。」
小編：「欸，要校稿還要排版，最好我一秒校完！」
蟲爹：「幾千字你一秒就排好了。」
小編：「……那你怎麼幾千字沒有一秒就寫完……」

小編：「某編說我太殘忍了，你怎麼可能一秒寫幾千字。」
　　　「她說給你**兩秒**。」
蟲爹：「兩秒只夠我跳樓。（￣皿￣）」
小編：「這篇6000字交稿可以吧？」
蟲爹：「5000字吧，我目測應該是。」
小編：「反正你都多兩天了，湊個6600好了。」

小編：「天醒裡的『這裡越過發越好』是什麼意思？」
蟲爹：「越過分越好。」
小編：「喔喔，(￣▽￣) 順便問一下，剩下的番外幾時能好？」
蟲爹：「看不見看不見……」

蟲爹：「一直在寫寫寫，還沒寫完，好煩哭了都！ o(〒﹏〒)o」
小編：「加油啊，那今天？」
蟲爹：「昨天寫一晚，白天睡一天……但是也依然沒有寫完。」

小編：「明天要交稿了，寫得如何了？」
蟲爹：「才看到，還沒有寫完，當然是要拖拖的。 <(ˋ ▽ ˊ)> 」
小編：「NO～給我交稿啊！」

小編：「忘記跟你說生日快樂！」
蟲爹：「已經過了！（￣皿￣）」
小編：「對啊，我給你的生日禮物是，
那一天我沒逼你給我設定或給我番外啊！」
「但是生日已經過了，我就可以跟你要了。」
蟲爹：「（ˋ□ˊ）設定不是聊過了嗎？」
小編：「但是番外還沒啊！」

蝨爹：「昨天喝好醉，今天難受一天。」
小編：「…………有種不想同情你的感覺。」
蝨爹：「最近沒書看，你給推薦個。」
小編：「哪一類的？」
蝨爹：「隨便啦。」
小編：「那就**耽美**的吧。」
蝨爹：「(￣.￣) 存心不良。」

蝨爹：「<(￣︶￣)> 收稿。」
小編：「收到！感謝？」
「有……後記嗎？」
蝨爹：「沒有！」
小編：「真的不可以來個後記？」
蝨爹：「最後一集不是已經出了嗎？哪來的後記啊！」
小編：「番外這本啊，你可以寫你的血淚辛酸史之類的。」
蝨爹：「沒啥想說的……」
小編：「你只是不想再碼字吧？」
「那我可以直接把番外催稿血淚史放進書中嗎？」
蝨爹：「可以啊，我還要去寫天醒之路的更新呢！」
小編：「好，我讓某編整理了，恭喜你從全職解脫了！」
「你不想寫全職第二部喔？」
蝨爹：「我不會再入坑了！
你休想再讓我寫任何番外了！（￣皿￣）」
小編：「幹嘛防備心這麼重……」
「我只是為了讀者的福利著想啊～」

近戰法師
written by
{蝴蝶藍}
網遊文類的大神作者，千萬讀者熱情擁戴！
★附全新未公開番外★
★首刷附贈角色卡一張★

VOL. 01

一個法師的誕生

身處現代，已經快要絕跡的武功高手顧飛，在進入全息網遊世界「平行世界」時，誤選了血薄體虛的法師當做職業，
更悲劇的是，他還無法改變這個錯誤！
本想在全息網遊當中一展拳腳過足打架癮的他，只能將錯就錯，
變成一個近戰暴力法師！
陰錯陽差之下，他不僅加入了所有男生夢寐以求的純女生幫會「重生紫晶」，
還加入了由韓家公子、劍鬼、佑哥、御天神鳴和戰無傷所組成的「公子精英團」，
在遊戲當中一邊過足與真人打架施展武功招式的癮，
還交到一群值得信賴，風格各異的夥伴。

而這樣一個不按牌理出牌，
拿刀比拿法杖更稱手的法師，
將會帶給「平行世界」多大的震撼呢？

另附顧飛面試體育老師之未公開番外。

《全二十冊》

全套完結熱賣中！

當力量和法術結合，當法師變成近戰，
將給遊戲「平行世界」帶來破壞還是新的契機？
法師會武功，到底想逼誰！ ┻┻︵╰(‵□′)╯︵┻┻

對人在江湖玩家來說，玩家與玩家勾心鬥角？很正常。
玩家與NPC勾心鬥角？贏定了。
那NPC與NPC勾心鬥角呢？應該只是走劇情吧？
可為何卻讓他們在不知不覺當中，忍不住也陷入情境，無法自拔了呢？

【卷一】燕雀安知鴻鵠之志

成化

方應物

大明成化十三年，歷史系研究生方應物，
穿越成了十五歲的少年。
原身家徒四壁，父親遠遊，母親早逝，
旁還有叔父想奪其讀書之路，迫其下田耕種的危機！
來自五百年後的方應物豈會如此束手就範？
古靈精怪，腦子活絡的他，身體裡可是成人的靈魂，
對付個只知下田耕種的農民，還不手到擒來？
想他能挾著滿腹明朝歷史學問而來，
若不能試試古代科舉之路，豈不白來一遭？
這花溪村如此偏遠務農山村，讀書人少競爭力低，
想來一個秀才名號到手簡簡單單！
他以為開啟的是容易模式，誰知是最困難模式；
他以為投胎到了鶴立雞群的地方，
誰知這默默無聞的不起眼小縣，居然是科舉超級死亡之組！

青山綠水間，一夢五百年，
一個神奇穿越客的傳奇，正要展開。

隨輕風去

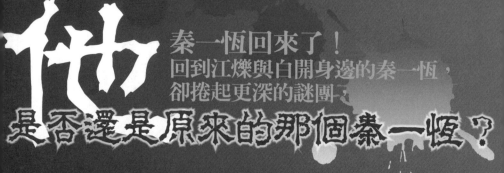

看著這一切，我忽然想起以前的一些片段。
是否我也曾跟他一樣，為了一個使命，去接近那些我本不該接觸的東西。
凶宅筆記4

國家圖書館出版品預行編目（CIP）資料

全職高手・番外／蝴蝶藍著. -- 初版. -- 新北市：知翎文化，民105.3
冊；　公分. --（瘋讀；CB047）
ISBN 978-986-56255-5-9（平裝）. --

857.7　　104026479

瘋讀 CB047

全職高手・巔峰榮耀TOP GLORY

作　　者　蝴蝶藍
插　　畫　八望
責任編輯　連詩蘋・林欣璇・張茲雲
美術編輯　蘇盈螢・廖秋萍
行銷企劃　徐毓芝

發 行 人　連詩蘋
發　　行　知翎文化
出 版 者　欣燦連股份有限公司
地　　址　238 新北市樹林區中山路一段113號9樓之1
電　　話　02-26842577
傳　　真　02-26842578
E-mail　service@revebooks.com
初版發行　2016年（民105）年3月3日
定　　價　台幣280元
ISBN　978-986-56255-5-9

總 經 銷　聯合發行股份有限公司
電　　話　02-29178022
地　　址　新北市新店區寶橋路235巷6弄6號2樓

LORY

GLORY GLORY GLORY GLORY GLORY GLORY GLORY GLORY GLORY GLORY GLORY GL

知翎

知翎